村上知子

余花

鳥影社

余花　目次

余花

装画　野口晋「万葉乙女」
装幀　幅雅臣

一　秋桜

店頭にその花を見たような気がして、祥子《しょうこ》は自転車を停めた。

一旦は通り過ぎた花屋まで、方向転換して戻ってみる。やはり、鬼百合やサービス花束の後ろに、白いコスモスが置かれていた。

店の中を窺ったが、人の気配がない。ちょうど買い物客の途切れる時間帯である。西日が眩しく、よく屋内が見えない。

「いらっしゃい！」

背後から声がした。振り向くと、花屋の女主人が長靴姿で立っていた。

「配達に行ってたもんで、すいませんね」

祥子は自転車のスタンドを立て、首を振って見せた。

「娘に頼んでたのに、まったくどこ行ったんだか、ねえ。土曜日でも部活とかいって出て行っちゃうし。さ、今日は何にさせてもらいましょ」

枝ものでいいのが入っていると勧められたが、コスモスを白色ばかり二〇本と、都忘れを少し包んでもらった。けっこう大きな束になったので、自転車の籠に入った食料品の上に載せた。女主人はその隙間に、商店街からのお知らせ、といってチラシをはさんだ。白いＢ５の紙に、朱色で手書きの文字をプリントした、簡単なものだ。

「縁日？」

「そこの神社。今年は例大祭も重なって女神輿も出るから、よければ一緒にどうです？」

店のやりくりがあるので、と一応答えながら、今までこんなふうに誘われたことはなかったな、と祥子は思った。同じ年代か、あるいは年下なのかもしれない。商店街の中でも、この田中花店というのは古いほうらしく、彼女は三代目だときいている。夫は会社勤めのようで、祥子は会ったことがない。中学生くらいの娘は時々店番をしていることもあったが、確かに最近は姿を見ないことが多かった。

また声かけますよと言われ、頷いて店を出た。自転車を押していくので、幹線道路ではなく、裏の川沿いを歩いていくことにする。狭い砂利道で、場所によっては住宅の扉のすぐ前を通るのだが、金網で仕切られた水際はいつも季節の草花が絶えず、都会にしては野鳥も多い。立ち木も落葉樹が大半なので、いまの時季は明るかった。この道を抜ければ、祥子の店までは五分ほどである。不動産屋からは、虫が多いし、繁華街から離れているし、飲食店にはどうかといわれたけれども、正面の硝子扉から緑が見える位置なのが気に入ったのだ。

もう、四年近くになる。昔住んでいたところから、ふた駅しか離れていないが、こちらは住宅地に加え、大学が近くにあるし、駅の乗降客数も多い。また、それに伴う匿名性も楽だと祥子は感じた。商店街の組合が、ある程度大きくて、あまり売り上げに寄与するような活動もしてくれないかわり、干渉してこないのもよかった。時折頼まれて、店の壁にポスターを貼ったり、今度の祭のような催しに酒を差し入れたりするだけで、四年の間特にトラブルもなくやってこられた。客層は勤め帰りがどちらかといえば多く、商店組合の馴染み客は限られているのだが、いつの間にか、そこにある店だと、認知だけはされてきたということだろうか。

小さな橋を渡り、桜の木の脇の坂を少し下りる。琺瑯《ほうろう》板に古風な字体で「Long Spring」と書いた看板が、シャッターを下ろした入口の上に見える。日が暮れるとその看板は、脇から小さなライトがあたってうかびあがる。今はまだ、琺瑯が漆喰の壁と一体化して、目立たない。

その看板の下に誰かが立っていた。一瞬「かれ」かと思ったことに、祥子は驚く。そこにかつて「かれ」が立ったことはないというのに。

立ち止まった祥子の気配に、背を向けていた男が振り返った。藤木直《すなお》だった。

「やあ」

祥子に向かって片手をあげて微笑する。その洗練された様子にちょっと飲まれながら、祥子は小さく会釈して、自転車を押していった。

「まだ開店まで二時間近くあるのに」

「お参りに行く前に寄ったんだ」

藤木は片手に持っていた紙袋を見せた。少し古ぼけた竹の柄と、飾り物がのぞいている。

「あ、熊手？」

「花園神社。年中行事だよ」

細長いシャッターを上げて、とにかく扉を開けた。カウンターの上に花と買い物袋を載せ、外で大人しく待っている藤木に声をかける。

「準備しながらだけど、よかったら入って頂戴」

カウンター六席と小さな丸テーブル、それに小上がり。これが祥子の店だ。二階が住まいで、入口は別になっている。

藤木は目をしばたたかせながら店の中を見回すと、革ジャンを脱いで、奥の小上がりに腰掛けた。祥子は自転車を住居への外階段に寄せかけてから、食品を整理して冷蔵庫に入れた。それから、ビールの中瓶の栓を抜き、ロゴの入ったグラスと落花生を盆に載せ、藤木の前に出してやる。

「祥ちゃんは飲まないのか」

「下ごしらえ済ませてから、いただく」

「それはそうか」

おとなしく藤木は手酌で飲み始めた。祥子は手早く拭き掃除をすませ、魚の下処理にとりかかった。鰯が少し油がのりすぎているようだったので、刺身用に少し取り分けたほかは、手開きして塩をふっておく。蜆《しじみ》は水をはったボールに入れ、野菜を切り、出汁を準備した。そうしてから、バケツに入れていた花を生けようと、藤木が飲んでいる横に古新聞を敷き、花瓶を置いた。生けるといっても別に免状を持っているわけではないし、コスモスを白磁の大壺に投げ込むだけだ。白に白というのは映えないように思えたが、生けてみると清清しく、生気があった。

「コスモスだね」

「近くの花屋にあったの」

「七年か」

藤木のほうを見た。

「撮影所の帰りによく咲いてた。俺はもっとはっきりしてるのがいいけど、松原さんは気に入ってたな」

「秋だけの花だから」

そう応じてから、祥子は藤木をちょっと睨んだ。

「でも悪いけど、今年は七回忌だよ」

「だから七年だろう」

「これで作家なんだからなあ。回忌は亡くなった年も入れるの。実質六年」

「そうなのか。うちは冠婚葬祭は姉が仕切ってるから知らなかったよ。あっちで余計なこと言わなくてよかった」

藤木はそう口に出してから、少しばつが悪いといった顔をしたので、かえって祥子には事情が見えてしまった。

「お宅へ行ったの？」

しょうがないというように、藤木は溜息をつき、自分のグラスにビールを注いだ。

「先週マリコさんから電話があって、呼び出されたんだ。特に法事って感じじゃなく、企画の相談がメインだった。ちょっと肩すかしだったたな」

「そう」

「一段落したんなら、一杯つきあえよ」

おとなしく頷き、奥からひとつグラスを持ってこようとすると、藤木が指を二本立てた。

ビールを三つのグラスに注ぎ、一個は祥子、一個は藤木が手に持った。

「献杯」

二人でビールを干した。

「みなさん、お元気なの」

少しの沈黙の後、祥子が訊いた。藤木は覚悟を決めたように肩を揺らし、言った。

「そうみたいだね。娘は大手のプロダクションに入ったみたいだし、息子のほうも、もう大学生だ。マリコさんは相変わらず、というか、前にも増してエネルギッシュに事業展開してる」

「そう」

「会ったこと、ないんだっけ」

「一度」

松原良介が祥子の家に入り浸りだったとき、一度だけ彼女が来た。戸口に立って、美しく毅然と、祥子の不当性を述べたてる松原マリコの言葉自体は、正直粗雑で無礼だった。しかし、その「なにか」を守ろうとする意志に、祥子は抗えなかった。多分、この女性と言語が通じることはないのだ。だが、その人と長年一緒に居るこの男は、いったいここしばらく、私とどんな言語で話してきたのだろう。そんなことを考えながら、黙って彼女の話を聞いていた。松原はそれを「対峙」と呼び、黙っていた祥子の態度を卑屈だと言った。そうして彼は家に帰り、祥子はまた一人暮らしに戻った。

いつか誰かに刺されると吹聴しながら、松原は当然のごとく肝臓を傷めて死んだ。入院と余命と、死を知らせてくれたのはいつも藤木だった。

「祥ちゃんさあ、いい加減、誰かと一緒になれよ」

そう呟くと藤木は、三つ目のグラスのビールを干した。

「誰かってねえ」

笑ってそう言う祥子を、藤木は真面目な顔で見つめる。

「いいの、いないかい」

「恋なんて、こっちから探しても駄目なんじゃないかなあ。そりゃ誰かの紹介で始まる恋愛もあるけどね」

「恋愛のことじゃないよ」

藤木が目をそらし、祥子はもう一本新しい瓶を出してやる。


いつもこうだ。グラスをあげながら、藤木は、あまり化粧気のない木谷祥子の顔を盗み見た。確か自分と同じくらいだから四十半ばのはずだが、もともと童顔なので、若くみえる。松原良介という破天荒な男の助手として、いろんなところで、彼は祥子にも、松原の妻にも絶対言えないような場面に居合わせもした。たぶん、自分は誰にも、それを一生話しはしない。もちろん、藤木自身の作品の中に、形を変えて出すことはあり得るだろう。いま思えば、無器用で、自分勝手で、しかし怖いもの知らずの松原は、小説の主人公としては申し分なかった。そのぶん、まわりにいた人間は振り回され、彼が死んだ後も、きりきり舞いしたことを恨んだり、懐かしんだりしているわけだ。

しかし妻のマリコが、少なくとも表面は、とっくに夫の死から吹っ切れているのに、祥子がこうして、位牌も遺言もないまま、孤閨を守るがごとく過ごしているのには、幼女がいつまでもままごと遊びをやめないような、そんな頑なさを感じたりする。

「春も長すぎるとよくないだろう」

店名と重ねて、そんなことを言ってみた。祥子がなぜこんな店名をつけたのか、藤木は知らない。由来らしきものを思いつかないではないが、尋ねても、たいした理由はないから、と祥子は笑っていた。

「誰だったかな、日本女性はいつまでも若くいたがるのが不思議だってさ。季節は止められないよ」

「そうね、死なないと、時間は止まらない」

祥子が大壺のコスモスを見て、ビールを口にする。それを見て藤木は少し辛い気分になる。

「この落花生は、旨いね」

埒もないことを彼が呟くと、祥子も、どこかほっとしたように返した。

「今年の新豆ですって。お客さんからのお土産なんだけど、落花生にも収穫時期があるって、はじめて気づかされた」

「秋なんて、農業から遠い者は、落葉が悲しいとかいうけれども、本来は実りの季節で、もっとも華やかな時季なんだよなあ」

「はいはい。私らは、春じゃなく秋だと自覚しろってことね」

「いや、この前ミュンヘンに行ったとき、ほんとにそう思った。冬が来る前にひと騒ぎって感じで」

「ああ、オクトーバーフェスト。番組見たよ。うらやましいな」

「カメラの前でビール飲むのは、厭なもんだぜ」

藤木はそういって苦笑して見せた。


こんなふうに祥子が藤木とゆっくり話すのは久しぶりだった。五年前大きな文学賞を取ってからは、女優である妻と紀行番組に出たり、海外の仕事も多いようだし、ほかで顔を合わせることは、それこそ誰かの葬式くらいになっている。もう、松原と藤木と祥子の三人で朝まで飲み歩いたことなど、ずっと昔のことなのだ。それでも、ひと月かふた月に一度はこの店に顔を出して、数杯飲んで帰っていく。そんな律儀さは相変わらずだと、祥子は思う。

ドアのカウベルが鳴ると同時に、酒屋がビールケースを持って入ってきた。

「ああ、ご苦労様」

「一ケースと、こっちは高山さんに言われてたジンです」

「うん、聞いてる。ありがとう」

「ここに受取お願いします」

伝票にサインし、空き瓶の入ったケースを渡しているうち、もう藤木は革ジャンを羽織っていた。着古した背中に、アメリカンコミック風のグラマー女性のイラストがある。米軍のヴィンテージもののようだ。昔、松原が、似たようなパイロットジャンパーを撮影現場で着ていた。このせいで、身長くらいしか似たところはない藤木に面影を見たのかと、祥子は自分が他愛なく思えた。

「行くの？」

「事務所の奴らと待ち合わせしてる。余裕があったら帰りに寄るよ」

「無理しないでいいから」

「こういうときママさんは、いってらっしゃいって言うもんだろう」

「ほんとだね」

藤木が出て行くと、入れ替わりにバーテンダーの高山次朗が出勤してきた。習慣で時計を見る。やはり開店一時間前だ。

「たまには彼女にねだられて遅刻とかないの」

高山はマフラーを外しながら、飄々と応じる。

「そんな彼女要りまへん。ぼくの嫁はんは、このシェイカーです」

「また格好のええこと言うて。えらい身持ちのよろしいお嫁はんですな」

「なんせ自分からは手も足も出さんと、僕の子供をどんどん産んでくれまっさかい」

「なんや、うちら、あんたの子供毎晩飲んでるんかいな」

高山と祥子はどちらも大阪の下町育ちなので、二人でいるときはそんな言葉遣いになる。ただ、大阪弁を嫌う客もいるから、店の中ではなるべく使わない。だが、常連ばかりになった深夜などは、興に乗って即興漫才のようなやり取りになることもある。そういうふうにしていると、客には、ひとまわり以上違う高山が、祥子の甥か弟のように見えるらしい。

「タンカレー来たよ。そこに置いてある」

「あ、すいません」

「飲み比べたことないから、あとでギブソンつくってもらおかな」

「かしこまりました」

酒瓶の棚を拭き上げた高山は、ネクタイを締めながら、少し頭を下げた。身のこなしがやわらかなので、おっとりした顔立ちがかえって優雅に見える。黙っていればいい男なのになあ、と、常連の女客たちは言う。もともとは、祥子の行きつけのバーのマスターが、この店を開店するにあたっていろいろ相談したとき、毎日一人でまわすのは大変だろうと、紹介してくれたのだ。はじめは忙しい時の臨時として来てもらうだけだったが、今では週に一日か二日入ってもらい、その日は「本格的なカクテルはいかがですか」とメニューに書きこむ。常連客からも、なかなか評判がいい。

「これ、なんていう花ですか」

あっけらかんと尋ねる高山に、祥子は憮然と答える。

「コスモス！」

「花の名前はわからんなあ」

彼は前にも桃と梅を間違えた前科がある。

「オリジナルカクテル作ろ言う人が、それでええのん？」

「いやあ、サクラとミドリのリキュールがわかればええんちゃいます？」

「あかんあかん。日本人の風上にも置けんわ」

洗面所の点検をしたり、外灯をつけたりしていると、もう開店時刻になる。とはいえ、デパートのように入口で客が待っているわけではなく、日によっては二時間たっても誰もやってこなかったりする。かといって、手持ち無沙汰にしていると、その空気が店に充満してしまい、客にも伝わってしまうように思うのだ。

いつも最初にかけるガーシュインを流し、ガラス扉の札を「ＯＰＥＮ」にひっくり返す。もうすっかり日は落ちていた。ガラスが冷気で曇り始めている。


「いらっしゃいませ」

ほぼ同時に祥子と高山が言う。

「おお、気があってるね！」

そう言って入ってきたのは、常連の江藤ナナだ。開店して半時間である。

「ちょっと場末の観光地の宿屋かどっかに来た感じがしますな。この素人ぽさ」

「口が悪いなあ」

「でもよかった。高山君が居るなら、まずはギムレット」

「かしこまりました」

高山は一瞬迷ってから、新しいタンカレーを取り上げてカウンターに置いた。彼にしても、どのバーテンダーにしても、カクテルを作り上げるまでの動きを見るのが祥子は好きだ。自分の店では、そればかり見ているわけには行かないけれども、いまナナも、高山が材料を量って入れていく流れをじっと見ている。蓋をして、カン、と底を鳴らして振り始めるタイミング。腕の角度。その速度がやがて弱まり、ゆっくりとシェイカーが置かれる。少し大きめのグラスにギムレットを注ぎ終わると、三本の指を伸ばして、すっとナナの前に差し出した。ナナが取り上げ、一口飲む。味わった後、高山に向かって微笑する。

「おいしい」

「ありがとうございます」

緊張がほどける。それを見て祥子は声をかけた。

「今日は早いのね」

「そうなの。そこのスタジオで打ち合わせしてたの」

江藤ナナはジャズ歌手で、吉祥寺や銀座のライヴハウスで歌っている。テレビなどには出ていないから、興味のない人は、おっとりとした雰囲気の彼女を見て、どこかいいところの奥さんと思うかもしれない。独特のやわらかい声には、固定ファンも多いようだ。

「新譜の打ち合わせ？」

「そう。ヴァレンタインにあわせるつもり。当日は葉山でも決まってるし」

「もう来年の話ですか」

高山が言う。

「そりゃそうよ。これでもぎりぎりなのよ」

「ナナさんは仕事となると勤勉だから」

「あ、祥子さん。普段はぐうたらって言いたいんでしょう」

「よくわかってるじゃない」

「客に向かってひどいわねえ」

ナナが素っ頓狂な声を上げて笑う。店の中が華やかになったところへ、新しい客がやってきた。グループだというので、小上がりに通し、お通しと品書きを持って行く。ナナはその間に、ボトルキープしているカルヴァドスを出させて飲み始めた。常連客の中には、祥子を独占していないと気が済まない者もいるが、ナナはその点、きちんと店内の雰囲気を読んでくれるから助かる。グループ客四人の、それぞれ違うカクテルの注文に、高山がかかりだした。

「私ねえ、また始めちゃった」

ひととおり注文されたものを出し終えて、カウンターに戻った祥子にナナが呟いた。促すように顎を引いて見せると、ナナはふっと苦笑した。

「前、言ってた人？」祥子が訊く。

「そう」

「で」

「うん、深みに入っちゃった」

「橋本君とは？」

「よくわからない」

ナナはピアノの橋本雅史《まさし》と、ここ三年暮らしているが、その一方でいつも誰かに憧れては新しい恋を見つけてくる。長引かないからだろうか、それが雅史に露顕したことはないようだ。ただ、ナナがそうした恋愛にはいっている時の表情や声は、ふだんより更に柔らかくなる。同じミュージシャンの雅史がその変化に気づかぬはずはないのだが、雅史は雅史で、五つ年上のヴォーカリストを問い詰めるのが怖いのかもしれない。

「写真家だって言った？」

「うん。今度のジャケットは、その人の撮ったニューヨークの風景にするの」

「いくつの方？」

「もうすぐ還暦って聞いた」

そうなのだ。ナナがつきあうのはいつも年上で、雅史は例外だった。例外だから一緒に暮らしはじめて、こうして続いているのかと、祥子は推し量る。

「身軽な人じゃないんでしょ」

祥子が訊くと、ナナは大きく溜息をついた。

「面倒だよね」

「本当にね」

「はじめは知らなかったのよ。全然家のことを話さないから、ひとり暮らしかと思ってた。でも、奥さんも写真家で、二人展をやったこともあるって知ったのは最近」

はじめに出したお通し以外、何も食べずにカルヴァドスを飲んでいるナナに、祥子はチーズを少し出してやる。

「私は、ナナさんが好きだから、ナナさんが笑っていられる恋愛なら否定しない」

ナナは鼻に皺を寄せて笑った。

「うん」

「でも、嘘つきの男は、やめたほうがいい」

「うん」

サイコロ型に包まれたチーズをカウンターに転がし、ナナは甘い声で言った。

「嘘つきじゃなくて、私が思い込んだだけ。好い人なの」

祥子は黙って頷く。ほんとうの嘘つきはいつも好い人だ。松原がそうだった。客の中にも、そういう人がいた。

「連休にね、二人で函館に行った」

「あら」

「夜景、きれいだった。食事もおいしかった。いろんな話を聞いて、いろんな話を聞いて貰って、で、なるようになった」

「ナナさん」

「なんだろうね。祥子さん、あきれてるよね」

「ううん。そうじゃない。でも、ボトル空きすぎ」

「ふうん」

ナナは甘えるように笑って、罎を返してよこす。祥子は素直に受け取って、かわりに冷たいジャスミン茶を出した。

「あ、アステア」

有線から『夜も昼も』が流れていた。祥子は、営業時間中はたいていスタンダードナンバーのチャンネルに合わせている。アステアとロジャースのダンスが美しかった曲。

小西満夫なら、すぐにあの映画のダンスシーンがどういうアングルで撮られ、どんなふうに照明が陰を隠しているか滔々と語ってくれるだろう。ナナは思った。建築写真が専門なのに、彼は昔の映画、なかでもハリウッドのミュージカルに詳しかった。

共通の知人の写真展で、ナナは初めて小西に会った。次のライヴの予定を話すと、彼は一人でやってきた。

「あなたの声はロンダ・フレミングに似ていますね」

一回目のステージの後、ウォッカマティーニを飲みながら小西はそう言った。その名前がナナにはわからず、あとで検索した。『OK牧場の決闘』などに出ていた往年の映画女優。リンク先に映像と音声があり、そうしてナナは、自分が小西に好かれていることを知った。

ステージのスナップを渡されて、二人で旅行に行こうと誘われたとき、まずはじめに、ああ厄介だ、と思ったのは本当だ。橋本雅史との生活には何のストレスもなく、落ち着いてもいたから、ほかの関係を敢えて求める必要などなかった。

だが、恋は、必要からは決して生まれない。ただ、いきなり落ちてきて自分を絡め取ってしまうのだ。

小上がりの四人客が大きな声を上げて笑った。湯豆腐の小鍋を火にかけた祥子に、ナナは声をかけた。

「お勘定してください」

ステージに出る前のように、ナナの表情が豪奢なよそ行きになった。

グループ客が若い男女の二人連れと入れ替わり、カウンターに常連客が並んだ頃、藤木が入ってきた。祥子はカウンターの端にコースターと箸を置いて、そちらに誘導する。常連の山本が、藤木をちら、と見て会釈した。藤木も微笑を返し、腰掛けた。

「何にする?」

「バーボン、何があったっけ」

「ジム・ビームとJTSブラウンとターキー」

「今日はターキーにする。ロックで」

高山が大きい氷をロックグラスに入れ、ウィスキーを注ぐ。藤木が高山に目礼し、グラスを取り上げる。口の中に広がる芳香を一瞬藤木が愉しむ。

「ワイルドターキーも安くなりましたなあ」

空席をふたつ挟んで、山本が話しかける。

「ほんとですね」

藤木が言葉少なに応じる。

「昔はバーボンと言えばターキーという人も多かったが、おいそれと飲める酒じゃなかった。今じゃ量販店で安売りしている」

「僕たちは、初任給で買ってやるって言ってました」

「もっと前、私どもの時代は、ジョニ黒でなく、ジョニ赤を飲めるだけでも嬉しくてね。なんせ舶来という言葉があった時代ですからねえ」

「ええ」

祥子はふと思い出した。松原良介と初めて二人で会話したのは、撮影の打ち上げだった。酒造メーカーがスポンサーだったおかげで、国産ウィスキーやビールはふんだんにあったが、松原の飲んでいる酒は違う香りがした。

「それ、バーボンでしょう?」

まだ二十代半ばだった祥子は、やや攻撃的に尋ねた。エスニックレストランを借り切った、三階建ての吹き抜けの会場だった。松原はバーカウンターにもたれかかり、階下の打ち上げの余興を眺めていた。

「鼻が利くね。ターキーだよ」

松原もまだ三十半ばだったが、祥子からはとても大人に見えた。

藤木と三人で飲み歩くうち、祥子は徐々に松原を異性として意識するようになっていった。しかし、行く酒場ごとに馴染みのママや女客がいるような松原は、祥子をまったく女として見ていないふうだった。別にこれから進展もないだろうと諦めた頃、祥子はプロダクションの都合で、急に海外ロケに駆り出された。現地の空港に迎えに来てくれたのは、その作品の撮影が始まってから、ずっと現場についていた松原だった。

「いま藤木を見送ったところだ。行き違いだったな」

そう言われた瞬間なぜか、これから起こることが、わかるような気がした。自分の想いなどもうとっくに知られていたのだと、レイバンのサングラスを取った松原の目を見て、祥子は悟った。

数日後、徹夜の撮影が終わり、俳優を宿舎に送ったあと、かれは助手席に残っている祥子を見つめて、すっと唇をあわせた。十日足らずの期間だったが、他人に気づかれないように目配せしあうのも、草を背に南十字星を探すのも楽しかった。そのとき、既にかれには二人の子供がいて、ほかにも女がいた。

「今日は飲み会でしたか」

高山が藤木に声をかけた。そんなことは時間帯と酔い方を見ればとうにわかっている。山本から話しかけられるのを拒否するわけではないが、あまり乗り気ではない様子の藤木を気遣ったのだ。年に似合わぬ高山の振る舞いに、祥子は、しばし想いに浸っていた自分を反省した。

「うん、一の酉の流れ」

藤木が答えた。

「人出、どうでした？」

「そこそこかな。まだ時間早かったし、今日は宵宮だから」

「ほかのスタッフの方は？」

祥子が引き取った。

「ああ、カラオケに行くってさ。新しい熊手と飲み代渡してきた」

高山は山本たちや、後から入ってきた常連の岡田の飲み物を世話し、祥子はコースターの外されていた藤木のグラスを、新しいものにかえた。

祥子の飲み物も作らせて、藤木はしばらく飲んだ。何か考え事があるようで、話は途切れがちだった。

「西の市は、熊手買い換えたり、大阪のえべっさんと似てるようで違うけど、由来はどうなんですかね」

高山が山本のビールを注ぎながら尋ねた。

「もともと西の市は東国の日本武尊信仰と、庶民信仰が混じったものですからね」

山本はビールで口を湿してから説明する。昨年大学の教授職を退いたというが、講義の口調がまだ残っている。

「しかし商いの神様だから、恵比寿講などとも無縁じゃないし、そもそもお鳥さまの本社は、大阪の大鳥神社です」

「堺のですか？　ぼく近所です。昔から大きいお社やとは思てましたけどね」

「あれは昔官弊大社だったんです」

「かんぺいたいしゃ？」

「簡単に言うと宮内省の管轄の神社とでもいいますか」

「えらい神社やったんですねえ」

「堺だと、仁徳天皇陵とかもすぐ近くなの？」

岡田が横から尋ねた。

「あのへんはちょっと歩けば御陵がなんぼでもありますわ。樹が鬱蒼と茂って、けっこう怖いんですよ」

「今度世界遺産だとかで調査が入るっていうよねえ。なにか大発見なんかあるんでしょうかね、先生」

「ピラミッドを持ち出すまでもなく、盗掘などがあったでしょうし、期待はできませんが、まったく予想外のものが出てくる可能性はあるでしょう。まあ、妙に歴代天皇の嘘を暴くとか、イデオロギーのために調査に入るようなことは避けてもらいたいとは思いますがね」

藤木が祥子に勘定という仕草をした。支払いをすませた彼を、外まで送って出た。祥子は、よほど立て込んでいるとき以外、帰る客は必ず見送ることにしている。

外は空気が乾いていて、冷気がこたえた。

「きょうはどうもありがとう」

「いや、ごちそうさま」

そう言って立ち去ればよいのに、藤木はそうしない。

「なにかあった？」

少しためらいながら祥子は訊いた。

「いや」

一瞬おいて、藤木は首を振った。

「まあ、事務所のことでいろいろ、さ。気遣わせて悪い」

「そんなこと」

「またメールするよ。ご馳走様」

「ありがとございました」


言えないものだな。

駅への小道を歩きながら、藤木は苦笑した。

ちょっとした伝言といえばそれまでだが、やはり立ち話できるようなことではなかった。はじめからメールで連絡すれば良かったのに、開店時間に来たくて、寄ってしまったのだ。久々に飲むバーボンオンザロックは、ちょっとあとを引いた。しばらく検査をしていないから、来週は医者のところにいったほうがいいかもしれない。

携帯電話に、妻からメッセージが入っていた。事務所の有志何人かと渋谷で合流しているという。藤木はタクシーをつかまえるべく、幹線道路に向かった。

店内は暖かく、空気が汚れていたので、祥子は空調を換気モードにしてから、カウンターに入った。

「さっきの、藤木直さんですか」

三杯目の酢橘《すだち》サワーを小上がりに持って行ったとき、二人連れの、女性のほうが尋ねた。

祥子が頷くと、少し興奮気味に、

「しまった、サインしてもらえばよかった」

と言う。常連であれば本を預かって、今度藤木が来たときに署名してもらえばすむことだったが、ここに藤木が習慣的に立ち寄ると、あまり広めるのも避けたかった。祥子が答える前に、岡田が茶々を入れた。

「彼はファンに手を出すので有名だからね。あなたのような若い女性は気をつけないとだめだよ」

皆が冷やかすように笑う。

「そうなんですか？」

彼女がまじめに訊く。そういえばインターネットでそんな書き込みを読んだと連れの男が言うと、そんなのあてにならない、と彼女が言い返した。妙な口論になりかけたところに、まあ、有名人にはいろんな噂が立つものですよ、と山本が穏やかに話しておさまった。あとは若手女優の妊娠と結婚の話題に移り、そのまま、その場の誰も傷つけない四方山話となった。

「お疲れ様です」

「おつかれさま」

岡田が後から来た連れと出て行き、すべての客が帰ると、普段の閉店時刻を二十分過ぎていた。

「高山君、電車ある？」

「きょうは自転車で来たんで、大丈夫です」

「寒いよ。ご飯食べてけば」

「ありがとございます」

茸飯に、残りものの漬物と鰯の生姜煮を出し、あとは蜆汁をいれ、祥子もそれをすすった。

「祥子さん、僕、一月にちょっと休みもらってええですか」

「年末年始やったら、はじめからそのつもりやけど」

「いえ、まんなかの連休あたりなんですが」

「まあ、高山君のファンは寂しがるやろけど、もともと多めに入ってもらってるしね」

「そのぶん時給いただいてますから」

高山は塩昆布を口に入れて、下を向いた。

「連休はお客さんも少ないし、いいよ。どこか行くの？」

「はあ、ちょっと」

「あ、訊けへん、訊けへん。詳しいことは年末にまた話そ」

あまり詮索したくなくて、祥子は笑ってみせた。


高山は、いつもどこか距離を置く祥子に、どうふるまえばいいのか、いまだによくわからないでいる。ここを紹介してくれた先輩には、いい勤め先が見つかったら、事情を話して辞めればいいと言われたし、祥子も「うちの店では修行というより苦行やろしね」と言ってくれている。自分自身でも、独立するためには、一度はまとまった期間、正統派のバーで働く機会を持たねばと思いながら、なにかこの店の居心地が良くて、他の曜日に働いているカウンターバーとのかけもちが続いていた。

大阪弁で冗談を言いあったり、夜食を向かい合って食べたりしていても、祥子について知っていることといったら、履歴書的なことと、客との会話から推測できることだけだ。なぜこの歳まで祥子が独り身でいて、こういう店をやっているのか、時々そっと客に尋ねられたりもするが、高山自身肩をすくめるしかない。

そして、自分について語らないのと同じく、祥子は高山の私生活について、ほとんど尋ねようとはしなかった。それは彼女が他人に関心がないというよりも、ひとつの店を持つ女性として、自分と狎れすぎたくないためだろうとは、水商売経験から高山には理解できた。だが、それとは別に、祥子が普段から、敢えて他人の世界に踏みこまないようにしているのだということも、最近わかってきた。

今度の休みの話は、祥子は高山の就職活動とからんでいると考えているようだが、そういうことではなく、実家の近所に住んでいる兄が、ちょっと父母のことでゆっくり話が出来ればということなので、帰ってみるだけのことなのだ。ただ、事情を詮索しない祥子にそれ以上自分から説明するのも妙な気がして、蜆汁を飲み干した。

「ごちそうさまでした」

「お粗末さま。また来週もよろしくお願いします」


祥子が片付けをして店を閉め、二階の住居に帰ってくると、もう一時半だ。シャワーを浴びて、ケーブルテレビの深夜映画をつけながら、コンピュータを起動させる。正直WEBの仕組みがよくわかっていないので、店のサイトやツイッターは、若い常連客の甘利が監修してくれるのに任せている。彼から、もう少し見やすいデザインに変えてよいか尋ねるメール。アマゾンからの宣伝。お客さんから個展のお知らせや講習会のお知らせ。返事はまとめて書くことにして、ハーベイ・カイテルの顔をぼうっと眺める。いったい彼が何の役なのか理解していないことに気づいて、電気を消してベッドに潜り込んだ。

「カラー変えてみますか？」

鏡の中の祥子に向かって、まゆみが尋ねてきた。

店から自転車で十五分ほどの美容室に、祥子は十年来通っている。店の近くにも美容室は雨後の筍のごとく出来ているが、ここは店長の趣味の英国風のインテリアが落ち着いているのと、担当のまゆみさんと話が合うことで、気に入っていた。とはいえ、彼女とは、一世代以上年齢は違う。

「どうかなあ。なにか提案あります？」

よくわからないまま、こうして尋ねるのが、祥子は好きだ。かかりつけの歯科医に定期検診に行くときも、おなじものを感じる。自分はかかったことはないが、よくアメリカの小説で出てくる精神分析医の椅子、あれに座るのは、そんな気分ではないのだろうか。誰かを信頼して全てをゆだねてしまう安心感。

「これから冬に向かうんで、暖色に変えて見られるのもいいかもしれません。もちろん黒髪のうえから染めるので、ちょっとした光の加減で色に気づくって感じですけど」

四十を越えた頃から、少しずつ白髪が目立つようになった。ひと月半くらいに一度、生え際を染めたりするのだが、まゆみがこういうふうに全体のカラーの話をしてくれたりするので、あまり年取ったという気にならないでいられる。まあ、変に若作りするより、年相応に老けるほうがいいと言い放っていた時期もあったのだが、一応客商売なのだし、と、今では自分に言い聞かせている。

「じゃあ、その、おすすめのダークレッド系にしてみようかな」

たぶんそんな微妙な染めの違いに気づく人間など、祥子の周囲にはいないのだが、晴れやかな気分を持続させたくて、そんなふうに頼んでみる。

「最近、かっちりとしたアップにはされないんですか」

カラーリングの薬剤を用意しながら、まゆみはそんなことを尋ねた。最近の祥子のヘアスタイルは、いつもヘアクリップなどでやわらかくあげるかたちで、いかにも美容室でやってきましたというかたちにはしてもらわない。

あのとき以来。

六年前、松原の告別式の日。祥子は行くつもりでいた。クロゼットから出した喪服にアイロンをかけ、フォーマルバッグにごく目立たない程度の香典を用意し（もちろんきちんと氏名を書いたのだ）、母が遺した本真珠のネックレスをつけ、それからこの美容室まで来て、まゆみにセットを頼んだ。はじめ、喪服の祥子を見て、まゆみもあまり根掘り葉掘り聞いてはいけないという感じだったのだが、祥子の朗らかさにほっとしたのか、いろんなスタイルを提案してくれた。その中から祥子は、松原が好みそうな、しかし生前かれの前ではしたことのない、いちばん古典的なかたちを選んだ。セットは綺麗に仕上がり、出てきた店長もほめ言葉をおくってくれ、そうして祥子は美容室を出た。

会場である隣県の葬祭場には、最寄り駅から私鉄で一本だったのに、だが、祥子は向かうことができなかった。前日、通夜から戻った藤木が電話をくれて、駅で待ち合わせて一緒に行こうと言ってくれていたのにもかかわらず。

祥子は反対向きの電車に乗り、ターミナル駅で下り、そのままの格好でシティホテルのメインバーに入った。バーテンダーが厳粛につくってくれたハイボールを飲んで、それを告別にしようと思った。

「気取るんじゃないよ」

誰かにそう言ってもらいたかった。たぶん、藤木は、こうしたときの何らかの役割を想定して、電話をかけてきてくれたんだろうと思う。だが、そこにいてほしいのは、やはり藤木ではないのだった。

いつのまにか飲み干していたグラスの奥に、バーテンダーがさりげなく佇んでいて、

「なにかお飲みになりますか」と尋ねた。祥子は、一杯目の味を、まったく覚えていないと気づいた。

「同じものを」そう頼んだとき、ふと思ったのだ。お酒を出す人になりたい、そうした空間を持ちたい、と。

「ふたつ選択肢があるね。出産直前に短く切るか、伸ばして結んじゃうか」

祥子からひとつ置いた席に案内された女性客に、店長が話している。薬剤をつけてしばらく

おく時間、まゆみとアシスタントの子は、ほかのお客さんを相手にしていた。

「だからいまは慌てて切らないでも、前髪だけ整えて、もう少しして決めればいいと思うよ」

「そうですね。じゃあ、今日は前だけお願いしようかな」

そっと鏡の中から横を窺うと、祥子よりずいぶん年下の女性が、店長に微笑んでいる。ウェーヴがかったボブに囲まれた顔は華奢で、ふんわりとしたワンピースにつつまれたおなかが、少し丸く見える。

何ヵ月ですか、とぶしつけではなく尋ねる訊き方を、祥子は知らない。そして何ヵ月か推し量れる体験も、祥子にはなかった。急にはじまる美容室の客同士の愉しい会話、その口火を切るのを諦め、ファッション雑誌のビストロ情報に神経を集中した。アンチョビのちょっと変わったあしらい方を見つけ、それを頭の中にメモしていると、なにか聞き覚えのある音楽が遠くで流れはじめ、まゆみがもの言いたげな顔でやってきた。

「木谷さん、携帯が鳴ってるみたいですけど、大丈夫ですか」

慌てて大きな音を出しているバッグを渡してもらう。荷物を預けるときにはマナーモードにしておくのが常だが、今日は忘れたらしい。伯母の樫山道江からだった。

「はい、祥子です」

「わかってる、こっちからかけたんだから。いまいいの？」

伯母の電話は有無を言わせない。返事する前に声が続いた。

「最近、全然顔見せないじゃない。たまには一緒にご飯でも食べようよ」

伯母の道江は、祥子の亡くなった母の姉に当たる。小石川後楽園の近くで陶磁器などを扱う店を営んでいて、しょっちゅう仕入れだなんだといっては、国内外を旅している。祥子の母は人見知りするほうだったが、道江は祥子の父にも歯に衣着せぬ物言いで、その場では父は「まいったなあ」と大笑いするものの、あとで母に愚痴るのが常だった。母が亡くなった後しばらくして父も逝き、一人っ子の祥子にとって、もう、普段つきあっている身内といえば、道江くらいだった。

「すみません。どうも時間がなくて」

「しょうがないわねえ。いい白磁が入ったから見せようと思ったのに」

「そのうち寄らせていただきます」

「祥子ちゃんのそのうちは、あてにならないからなあ。あ、そうそう、そっちにワイン送ったから」

「わいん？」

「ボジョレヌーヴォー。まったく、あんたとこはお酒出す店でしょ」

「うちはほとんどワイン置かないんですよ」

「別に買えって言ってるんじゃないの。一ダース送ってきた馬鹿がいてさ、困っちゃったのよ」

「伯母さんの知り合いなら、いっぱい飲む人いるんじゃないですか」

「それが来週から北欧行くんで飲んでる暇がないの。今日届くと思うから、よろしく」

そういうと電話は切れた。まったく、どちらがせわしないかわからない。祥子はまゆみにバッグを渡すと、また鏡の前の椅子に座った。


家の近くまで帰って来ると、もう夕方だった。商店街のあたりが何か騒がしいと思ったら、祭装束の子供たちが、わあっと駆け抜けていった。そうか、今日は近所の神社のお祭だ。結局女神輿に参加する余裕はなく、今年も少し奉納金を出しただけだった。

自転車をひいてメインストリートのほうに行ってみると、商店会の本部の前に小ぶりの神輿が置かれていて、その周りで人々が御神酒を飲んでいた。きょうは車両は通行止めで、お母さん方が店を並べてフライドチキンや手作りのバッグなどを売っている。商売よりも、みんなで素人露店を並べるのを楽しんでいるというふうだ。

「あ、こんにちはー」

花屋の女主人が祥子を見つけて声をかけた。髪を粋に結い上げて祭り法被を着ているのだが、さすがに寒いとみえて、フリースのズボンをはいている。隣では娘さんらしい茶髪の女の子が、こっちはまるきりの普段着でおでんの鍋をかきまわしている。

「なんにもお手伝いできず、ごめんなさい」

「いえいえ。どう？　おでん食べない？」

はじめは遠慮したが、お母さんに言われて娘さんがはんぺんと厚揚げを入れ、箸と辛子と一緒に渡してくれたので、ありがたく熱々を頬張った。

「あれー、こちらどなたさんだっけ」

横でカップ酒を飲んでいた老人が尋ねる。

「あら、おじいちゃん、だめじゃない、美女を忘れちゃあ。ほら、ロングスプリングのママさん」

女主人がたしなめるように言う。祥子は日頃商店会の集まりにあまり出ていないことに恐縮し、挨拶した。

「普段顔出ししてないもんですから、すみません」

「ロング……スプーン？」

「ロングスプリング！」

娘さんが高い声を上げる。しょうがないねえ、田中のじっちゃんも歳だからさあ、とまわりが囃したてるなか、祥子は頭を下げて、商店会の会長にも一応挨拶をして帰った。

ポストにたまっていた郵便物やちらしを取って、二階に上がろうとしたとき、ちょうど宅配便の配達が来て、ボジョレヌーヴォーを置いていった。せいぜい数本かと思ったら、伯母は木箱ごと一ダース送ってきていて、もともとの送り状も貼りっぱなしだ。薄い文字を判読すると、フランスの住所と名前が書いてあった。

そうか、ポールさんからだ。

伯母は若いとき、パリで仕事していたことがあり、そのときポールさんと知り合って結婚した。だが、向こうの両親とうまくいかず、仕事も行き詰まり、結局離婚して帰国した。後年、彼のほうから復縁の話も来たようだが、伯母はもうこりごりだと断ったらしい。それでも誕生日やクリスマスにはカードとプレゼントが絶えないし、今回のようにいきなりワインを送ってきたりする。もう何年も顔を合わせてはいないというが、そんな不思議な関係を、いまでは伯母は愉しんでいるみたいである。

調べてみると、解禁日はもう過ぎていた。一本味見することにして、二階へ持ってあがった。

物干しの洗濯物は乾いていたが、すっかり夜気がしみこんで冷たくなっていた。こたつの中にそれを入れて、自分ももぐりこむ。請求書や税理士からの書類を整理し、コンピュータを立ち上げると、藤木からのメールが入っていた。

祥子様
昨日寄った時伝えるつもりが、メールで失礼。
実は、松原さんの息子が、君に会いたいと言っている。

父親の話を聞きたいそうだ。これは彼と僕だけの話で、母親も姉も知らない。気が進まなければ断っていいし、構わないというなら、僕が段取りしてもいい。いずれにせよ、返事くれるとありがたい。そんなに急がないとは思うが、青少年はせっかちなものだから、そこらへんはよろしく。

藤木

どういうことなんだろう。祥子は急に不安になった。

はっきり言えば、いまさら、松原の家族に会いたくはない。かれが部屋に居着いていたときでも、なるべく家族のことは考えないようにしていた。しかし、祥子に無防備に家族の話をするのと同じく、松原は祥子のことをことさら隠そうとはせず、結局、会わなくてもよい彼の家族と、祥子は顔を合わせることになった。

そのとき松原マリコの横に居た、小さな痩せた少年、あれがたぶんこの「息子」なのだろう。あれから十年ちょっと。彼は何を訊きたいというのか。祥子は、神経質そうな少年に睨まれているような気持ちがして、溜息をついた。それでいて、その時のマリコの表情も、子供たちの顔も、あとで削除したかのように、まったく祥子の記憶にはないのだった。

すぐ藤木に、気が進まないとメールしよう。そう考えながら、祥子は返信できず、コンピュータの電源を切った。

二　ポインセチア

スピーカーから、クリスマスソングが流れている。

最近都心では、ハロウィンが終わると、早々とクリスマス支度になってしまうことも多いようだが、祥子の近所の商店街は、まだそこまでは開き直れないらしく、十二月に入ってからやっと、駅前に「クリスマスセール」と書かれたバナーが貼られ、ツリーが飾られた。しかし、店に福引きのポスターが配られたり、歳末警戒という回覧板が回ってくると、否が応でも、師走だと気が急いてくる。

買い物袋を下げて歩いていると、上の方から声がした。

「おう、こんちは」

見上げると脚立の上に、岡田が立っていた。仕事着で、街灯の下の飾りを手直ししているらしい。内装工事などを請け負っている岡田は手先が器用なので、商店街でもそういう役目をよくまかされていた。祥子も店のちょっとした修理をお願いしたことがある。

「こんにちは。飾り付け、お疲れ様です」

「なんの。本当に大変なのは正月飾りだよ。でも、知ってる？　このクリスマスの星、七夕の残り物だって」

「はあー」

「エコだよ、エコ。ていうかさ、商店会も金がないってか」

「リサイクルですね」

「いや、金がないんだよ」

岡田は磊落《らいらく》に笑った。

「あ、年末、またうちで忘年会ありますんでよろしく」

「おう、メール見た。組合とかちあうけど、顔出しますよ」

店に入ると、日中戸口に出していたポインセチアを店内の窓辺に置き、少し霧を吹きかけた。毎年、十二月に入ると買い求めるのだが、ちょっと気を抜くと枯らしてしまう。一度くらい天井まで届くような樅の木を置いてみたいが、それでは商売にならない。小さな樹脂製のツリーを入口の横に置き、柊《ひいらぎ》を生けておくくらいがせいぜいだった。

日が短くなり、開店時間になると、もう真っ暗だ。外の看板のライトをつけたと同時くらいに、扉がいきなり開いた。

「よかった、やってた」

月に二、三度来店する関川が、顔を覗かせた。

「いらっしゃいませ」

虚を衝かれながら祥子が言うと、入ってきた関川は肩にかけた大きいクーラーボックスを床に下ろした。

「大漁だったんで、おすそわけ」

言うと彼は、ボックスの蓋を開けた。滑らかな銀色の肌が見えた。

「もしかして、太刀魚ですか？」

「そうそう。朝から海に出て。二尾だけ持ってきたけど、迷惑じゃないかな？」

「いえ、嬉しいです。ただ、私、捌いたことないから」

「もしよければ、包丁と俎板貸してくれれば、やってあげるよ。少し刺身には皮が固いかもしれないけど」

祥子が準備してエプロンを貸すと、関川はまず一尾を取り出して厨房に入った。八〇センチくらいあるだろうか、本当によく研がれた刀のように、明かりを受けてきらきら光っている。店の俎板では、はみ出すくらいだ。関川は、魚の背を自分に向けて置くと、頭をだん、と落とし、それから器用にわたを引っ張り出した。

「背びれ、取ったほうが親切だけど、このあたりおいしいから残しとくね。ただ骨が鋭いから、気をつけて」

ぶつ切りにして、こちらは塩焼き、もう一尾は半分に切ってから三枚に下ろして、これは刺身にしてもいいし、焼いたり揚げたりしてもいい、と関川は言った。ふだん、わりに早めにやってきては、静かに二、三杯酒を飲んで帰っていく彼が、こういう特技を持っているのに、祥子は驚いた。

「ああ、ここだった」

扉が開いて、白い髭の小柄な男性が入ってきた。

「岸先生、すぐわかりました？」

関川が声をかけると、男性は頷いた。

「川の反対に出てしまったけれど、琺瑯《ほうろう》の看板と聞いたから」

それから祥子のほうを向いて、

「いい店名ですね」と微笑する。なんだかサンタクロースみたいな老紳士だ。

「あ、ママ、こちら、僕の中学校の時の美術の先生で岸先生」

「木谷祥子です。まあ、中学校？」

「この子が卒業してから五十五年です。おもしろい色を使う子でしてね」

「先生にかかると、みんな『この子』になっちゃうなあ」

関川が笑う。

あとから何人か合流するとのことで、二人を小上がりに案内し、注文された燗をつけた。

さっきの三枚におろした太刀魚を、あぶり刺身にして持って行く。

「これが、今日の釣果ですか」

岸が嬉しそうに言った。

「先生、寒くなかったですか？　いやね、ママ、先生はご自分では釣らないのに、どうしても舟に乗りたいとおっしゃって」

「なかなかそんな機会がないからね。しかし舟から見る富士山は、特別ですね」

「今日は晴れてましたから、さぞ綺麗だったでしょう」

「先生は見てらっしゃるだけだから、風景を楽しむ余裕がおありだけど、僕はとにかく獲物を持って帰らないといけないから、とてもとても」

「お嬢さん、よろこんだだろう」

「娘より孫たちのほうがはしゃいでいましたよ」

「そうか、あなたにお孫さんが居るんだねえ」

二人が関川の同級生の話をし始めたので、祥子は厨房に戻って焼き網を熱し始めた。

カウンターに置いてあるスマートフォンにメールが入った。ナナからだった。

　忘年会のお知らせありがとうございます。ちょっとそのあたりは難しいかもしれません。またご連絡します。

　反対に、私からのお知らせですが、来週自宅で、ちょっと早めのクリスマスパーティーをやります。いろんな人が来る、ざっくばらんな集まりですので、ご都合があえば、ぜひ！

時々ナナは自宅でこういうパーティーを開くようで、祥子も何度か誘われてはいたが、まだ行ったことはない。そういえば、橋本雅史とは、どうなのだろう。最近は二人で来ないし、ナナ自身もレコーディングが忙しいのか、店に現れなかった。

多忙なだけで、面倒なことになっていなければいいが。祥子は思った。

「あの、いいですか？」

扉から顔をのぞかせた若い女性を、すぐには祥子は思い出せなかった。

「いらっしゃいませ」

一人だというので、カウンターに案内する。酢橘《すだち》サワーを注文されて、ようやく、前に二人連れでやってきた、藤木のファンの子だと気づいた。

あれから藤木は来ていない。結局祥子は、メールが来た数日後、少し考えさせてほしいと返事した。藤木のほうも、ひと月ほど取材で台湾に行くとかで、じゃあ年明けにでもまた連絡しあおう、ということになったのだ。そうなってしまうと、それはそれでまた、怖がらずにさっさと会えばよかった、あるいは、別に自分は会いたくないのだと返事すればよかった、などとくよくよ考えた。そして、何よりも、いまだに松原のことでこんなに心を乱されるということに、祥子は狼狽していた。

「お近くなんですか」

緊張しているような面持ちの女性客に、祥子はお通しを出しながら尋ねた。

「はい、学校が」

「ああ、じゃあ、そこの」

駅の反対方向に十分ほど歩くと、大学がある。常連の山本もそこの教授だった。

「うちにもよく先生や学生さんがいらっしゃいますよ」

「このまえ、山本教授が来てましたね。あのあと彼と、話してたんです」

「そうですか。じゃあ、やはり民俗学を？」

「いいえ、私は教育学部です。一般教養で教授の講義を受けたんで」

彼女がだいぶほぐれてきた頃、常連の甘利が入ってきた。

「ウェブサイトのデザイン、こんなもんでどうです」

カウンターに座りながら、クリアファイルを差し出す。祥子は礼を言い、ビールとグラスを甘利に出すと、中のプリントを見せてもらった。字が少し大きくなり、色目もあたたかな感じになっている。

「どうもありがとう。これでお願いします」

「モバイルサイトも替えときました。そう、その三ページ目」

甘利はまだ二十代だというが、なにかＩＴ関連の会社をやっているらしい。実際どんな仕事内容なのか、祥子はいまだによくわからない。ただ、店を臨時休業したりするとき、彼に連絡を入れておくと、すぐサイトに反映させてくれる。先月伯母が送ってきたボジョレヌーヴォーも、「三日間限定、先着五名様に一杯サービス！」とか載せてみたら、何人か新しいお客さんもやって来て、数日で一ダースがきちんと空いた。トレードマークにしたいのか、いつも黒縁の伊達眼鏡をしているのだが、はじめて彼が来た後、高山が「くいだおれの人形によう似てはりましたなあ」と言って、本当は、たしなめねばならないところなのに笑ってしまった。

さっきの太刀魚の刺身を小さな皿に盛りつけ、甘利と、学生の彼女の前にそれぞれ置いた。

「お嫌いでなければ。向こうのお客さんが今日釣られたんですよ」

祥子がそういって関川のほうを示すと、顔見知りの甘利がそちらを見て、丁寧に頭を下げた。

「すいません、ご馳走になります」

「いただきます」

彼女もびっくりしたように礼を言う。関川が、いやいやというふうに首を振った。横で岸が、にこにこ笑っている。

「お連れ様がいらっしゃる前に、なにか召し上がりますか？」

黒服のウェイターがナナに尋ねた。

いいや、待ちます、とナナは言いかけたが、テーブル脇のメニュースタンドを見て、気が変わった。

「グラスシャンパンをください」

いい選択だというふうに、ウェイターが、かしこまりました、と微笑した。

小西との約束の時間まで、まだ三十分ある。ナナは空いた時間に別の用をすます、といったことが出来ない性質だ。そんなことをしていると、大事な初めからの用事に遅れるということになりかねないし、実際、そういう失敗をしたこともよくある。多少無駄に思えても、書店で立ち読みしたり、こうして早めに待ち合わせの場所に先に来ているほうが安心なのだ。

それに、こんなふうに人を待っているのは、好きだった。運ばれてきたシャンパンをしばらく見つめていると、時間がゆっくり経つような、或いは逆に待ち時間を早めてくれるような、不思議な感覚になる。

「やあ」

グラスを半分ほど空けたとき、小西が現れた。時間きっかりだ。彼は、ナナのグラスを見てから向かい側の椅子に座り、自分はコーヒーを頼んだ。

「写真をデザイナーのほうに渡しておきました」

「ありがとうございます」

「ジャケットに使われるのは初めてだから、楽しみですよ」

「きっと素敵に仕上がると思います。レコードジャケットじゃないのが残念ですけど」

「ナナさんの声はCDよりレコードにのせるほうがいいと思うんだがね、まあ、僕は音についてはまったく素人だから」

「いえ、小西さんのお話は勉強になります」

「勉強ね」

彼はコーヒーを飲み干すと、ちょっと首を傾けるようにした。

「さて、大丈夫？　この前のところを予約してあるけど」

こう彼に訊かれるのが、ナナは苦手だ。なにか、流れが急に絶たれるような気がする。これまで、ふと気が向いたら相手の家に行ったり、急に遠出したり、恋愛というのはそういうものだと思っていたから、こういう、あらかじめ区切られた時間と空間に内容を強制されるような逢い方に、どうも馴れることができない。

それでも笑みを浮かべて、ナナは頷いた。

「ええ」

「じゃあ、行こうか」

小西は伝票を取り上げ、レジに向かった。

「そうかー、サエちゃんは彼氏と一緒に来て、この店気に入っちゃったんだ」

「なんとなく、ひとりでも平気かなと思って」

いつのまにか甘利は女性客の横に移ってきて、自己紹介までしあっていた。小上がりのほうには、関川の同級生という二人がやってきて、さながら同窓会という感じになっている。

「なに、クリスマスは彼氏とディズニーランドなんか行くのー？」

「行かないですよ。私、イヴはバイトだし」

甘利はずっと話しかけている。祥子はちょっと心配になって、彼が手洗いに立ったとき、

「すみませんね、酔うとよく話す方なので」と彼女に言った。

「いえ、愉しいです」と「サエちゃん」は答えた。酒に強いほうなのか、まったく顔が赤くなっていない。

「ママさんは、このお店、どれくらいやってらっしゃるんですか」

まっすぐ祥子を見て、いきなり尋ねてくる。ああ、自分も昔こういうふうに人に質問していたと思う。

「来年の春で四年ですよ」

「若い頃から、お店持ちたいと思ってたんですか」

祥子は苦笑する。

「そうねえ、お酒を飲む場所は好きだったけれど、自分がお店をやるようになるとは思わな

かったですね」

「ふうん」

「店を持つのがママの恋人の夢だったから、ここを建てたって聞きましたよ」

戻ってきた甘利がそんなことを言う。まったく、誰がそういう噂を広めるのかわからない。

祥子は溜息をついて応じた。

「それは根本的に情報が間違ってる。大体ここは古家をリフォームしたんだし」

「でも、その人の夢をかわりに実現したんでしょう？」

「甘利さん、ロマンティストなんやねえ。自分を投影してるだけなんと違う？」

わざと大阪弁で返し、祥子は笑った。

「いやー、ぼくはリア充のママとは違いますよー」

「りあじゅう？」

「実生活が充実してるってことです」

「へえ、そんな言い方があるの。でも、私に関しては、それはどうかなあ」

「想いが完結して充足してるわけでしょう。十分じゃないですかー。ぼくなんか、この前元カノに、あんたとつきあってた時代は黒歴史だとか言われちゃったんですからねー」

「ほう、そりゃ気の毒に」

軽く祥子が受けると、甘利は渋い顔をした。

「優しいから好きって言われてつきあいだしたら、優しすぎるって言われて振られー、それでもいい思い出だと思ってたのに、そんな言い方ないじゃないですかー」

だんだん泣きが入ってきたので、祥子は水を出してやった。甘利はそれを呷ると、ぶつぶつ言いながら、頭を抱え込んだ。

「大丈夫なんですか？」

サエが小さい声で祥子に尋ねる。祥子は眉根を寄せながら笑って見せた。

「大丈夫。これでしばらくは大人しくなるから」

彼女はちょっと首をかしげ、しばらく黙っていたが、小さく呟いた。

「私、あの言葉嫌いです」

「あの言葉？」

「リア充」

「うーん、まあ、隠語っぽいわね」

既に突っ伏してしまった甘利の前の皿を片付けながら、祥子は応じた。気分は悪くなさそうなので、少しそのまま放っておくことにする。

「何でも略してしまうのは、私もどうかとは思うけど」

「いえ、あの言葉を言う人って、そう軽く言うことで、自分は別に充実してなくても平気なんだぜって暗に言ってる感じがするんです」

少しむきになっている彼女に、なにかを感じた。

「そういう人が、ええっとあなたの」

「サエです。砂に絵画の絵」

「そういう人が砂絵さんの近くには、多いの？」

下を向いて砂絵はちょっと頷いた。切れ長の目に睫毛が濃い。

「うちのクラブの男子学生なんて、みんなそんなのばっかりです。こっちがまじめに資格試験や就職の話してるのにすぐ茶化して、所詮俺らは年金もないし、夢もないしって」

「私らは年金のこと考えるのが夢がないって言ってたけどね」

祥子が呟いたが、砂絵は続けた。

「特技や才能もないから、どうせ使い捨てられて終わるんだとか、暗いことばかり言うんで、もう厭になっちゃう」

「まあ、悲観的になれるのが若さかもしれないけど」

砂絵の年齢の頃、自分たちは悲観的になることで、自分たちを特別視していた。他と自分は違う、その自意識だけに支えられていたように思う。その自意識がまったく見当外れであるか、そうでないかは、後になってみないとわからなかったのだが。

「そのへん、藤木さんの小説はすごいです。登場人物がみんな明るくて強くて」

藤木は新作が出るたび送ってくれて、祥子も一応目を通す。確かに、主人公が自分で道を切り開き、結末も希望のある終わり方のものが多い。たぶん、それはもともとの藤木の資質によるものだろう。どんなにひどい現場でも彼が泣き言を言うのは聞いたことがなかった。だが、藤木がどんな屈託を抱えていたのか、あの頃の祥子は推し量る必要性さえ感じなかった。

「そういうところはあるかもしれませんね」

「でも、まわりでわたしに共感する人は少ないんです。彼だって、あらすじだけ読んで、こんなにうまく行くはずないって馬鹿にするし」

むきになって訴える砂絵が、祥子にはちょっとほほえましくも思えた。祥子の微笑に砂絵は、自分が喋りすぎたと思ったのか、急に黙り込んだ。

「そろそろ帰ります」

「また、いらしてください」

勘定をしていると、甘利が呻いてぐいと顔を上げた。

「サエちゃーん、カラオケ行こうねー」

「あ、はい。アニソン大会しましょう」

「よろしくねー」

そしてまた突っ伏す。祥子は首を振って苦笑した。

「ごめんなさいね」

「いいえ。あの、ほんとに、また来ていいですか」

「ええ、またどうぞ」

そう祥子が言うと、砂絵は嬉しそうだった。外まで出て見送ると、橋の手前で砂絵は、子供のように掌をひろげて振って見せた。赤い手袋が街灯の下であたたかに見えた。

店の中に入ると、岸が立っていた。

「いいですねえ」

「はい?」

「あなたが、あの女のかたを見送っている風情が、たいへんよかった」

「そうですか?」

少し面映ゆいものを感じて、祥子は眉をしかめて笑って見せたが、岸は続けた。

「うん、よかった。いつも、ああやって見送るんですか」

「そう、ですね。あまりたてこんでいると、だめですけど」

「いま、後ろからあなたを見ていてね、思いました。私は、見送ってくれる人を振り返るか振り返らないかということは考えていたけれども、見送る人にも後ろ姿があるとは、考えていなかった。まったく、米寿だなんていっても、知らなければ、描けない」

祥子は口を開いたが、ことばが出なかった。

「先生、まだお帰りになるのは早いですよお。ママさん、熱燗もう一本、お願いします」

関川の同級生がだいぶ酩酊した様子で呼びかけた。岸は祥子に笑って頷いて見せ、席に戻っていった。祥子は徳利を出し、燗の用意をし始めた。

冬の午後、とりわけ立冬から冬至までの間の午後は、無声映画のように時間が過ぎていく。特に今年は十月初めまで蟬が鳴いていたから、なおのこと、眩しい光の下で音が消えてしまったかのようだ。

家のそばの木々は落葉樹が多いので、二階は冬のほうが明るい。祥子は、ナナと雅史から送られてきたパーティーのお知らせを、プリントアウトしていた。新宿からそれほど遠くないが、少々入り組んだところにある。十五時からとのことだが、少し遅めに顔を出し、店の開店時間までに戻ってくるつもりだった。その文面を見直していて、ふと気づいたことがあった。

そうか、十二日だ。

祥子はこたつの上のパソコンをどかして、毛筆用の下敷きを出してきて敷いた。そして、やはり仕舞ってあった半紙を、ナイフで蒲鉾板の縦半分くらいの短冊型に切った。それから小さな硯で墨をすり、一枚一枚に「十二月十二日」と書いていった。

毎年母は、こうして書いた札を逆さにして窓や玄関の柱に貼っていた。母方の祖母も曾祖母もこうしていたらしい。なんでも石川五右衛門が釜茹でにされた日とかで、泥棒よけのまじないだそうである。妙な風習だと思っていたが、長野の料理屋や近所の中華料理店でも同じものを見かけたから、けっこうあちらこちらに広まっているもののようだ。気休めとはいいながら続けている母に、父が「だいたい五右衛門がいつ死んだかもわからんやろ」と、からかうのも毎年のことで、そのたび母は口を尖らせて、「気は心やし」と言うのだった。父母の死後数年経ってから、祥子は生家を処分したが、最後に見に行ったとき、まだ母の書いた札が玄関の柱に残っていた。店を始めてから、祥子は同じように、この習慣を続けている。ただ、母は書道を習っていたけれども、自分は品書きを書いても自己流だ。

昨年の札をはがし、上に新しいものを貼った。小さな家なのに、店のトイレの窓まで貼り終わったときには、いい時間になってしまった。店に出るときより少し派手目の格好をして出かけた。

白熱灯の下で映えるだろうと思って選んだのだが、ピンクのバラにスモークツリーとユーカリをあしらった花束は、太陽の下ではどうもぼやけて冴えない。

探し当てた、ナナたちのマンションは、高台にあるので外廊下からの見晴らしがよかった。呼び鈴を鳴らすと、弾けるようにドアが開いた。

「あれえ、誰?」

ストローのように細い、ショートカットの女性が祥子をじっと見て言った。なんと名乗ろうか、とにかく口を開きかけたところに、橋本雅史が出てきてくれた。

「ああ、祥子さん。お待ちしてました」

「どうも、きょうはお招きありがとうございます」

ほっとしてそう言い、持ってきたワインを渡す。花も渡してしまっていいかどうか迷ったが、彼は「お花はナナさんに渡してやってください」と言い、「スモークツリーですね。彼女、よろこびます」と微笑した。

リビングに入っていくと、大きなクリスマスツリーが飾られていて、壁にもリースが飾られている。少し古びたマンションをリフォームしたとかで、凝った壁紙などの意匠に、クリスマスの装飾はよく合っていたが、それをゆっくり見ていられないくらい、人がひしめいている。ナナは二十人くらいとか言っていたけれども、四十人近くは居そうだ。

「わあ、祥子さん来てくれたんだ！　ありがとう」

インドシルクの朱色のドレスを身につけたナナは、花束を見るなり、祥子をハグして「嬉しい！」と言った。彼女の体からはオレンジの香りがした。その時間はほんの少し、長いように思えた。

「祥子さんの顔見たの、久しぶりな気がする」

ナナは祥子の顔を両手で挟みながら、そんなことを囁いた。もう結構酔っている。祥子は、ナナの前髪をあげてやりながら、わざとぶっきらぼうに「今日はありがとう。また飲もうよ」と言った。

「うん、一緒に飲んでねえ」甘えるように、ナナが言う。

「飲もう飲もう、こっちでのもう」

後ろから、スキンヘッドの男がナナの肩をつかんで、自分たちのグループのほうへ連れて行ってしまった。ナナが困ったような、おもしろがっているような表情で、祥子に花束を振って見せた。とにかく人が多く、顔見知りのような知らないような客が行き来して、挨拶もままならない。

「ヴァレンタインアルバムなんて、日本じゃあもっと若い娘でないと売れないんじゃないの?」

そんなことを高い声で言う客もいる。

「思ったより人が来て、わさわさしていて申し訳ありません」

いつのまにか祥子の側に来ていた雅史が、部屋全体を見回しながら、言った。

「いいえ、エスコート役がみつからなかったんで一人で来ちゃったんだけど、この人口密度だと正解だったかも」

祥子がそう言うと、彼は眉を上げた。

「そんじょそこらの男じゃ祥子さんのエスコートはつとまりませんしね」

「あれ、じゃあ、雅史さんに迎えにきてもらえばよかったかな」

雅史は笑って、ふたつ持っていたグラスの片方を祥子に渡した。

「これ、ちょっと面白いカクテルなんです。どうぞ」

小ぶりのグラスに氷と透明の液体が入っている。鼻を近づけると、ジンの香りがした。

「マティーニ、じゃないし」

口に含む。ベルモットの味はしない。もっと爽やかな香りがする。

「うーん、なんだろう。飲んだことがない味ですね」

してやったりというふうに彼はにやりと笑った。

「ジンと白ワインをステアしたんです。美味しいでしょう」

「そうなんだ」

「高山君にも教えてあげてください。今日、彼は？」

「用事あるらしくて、店にも遅出になってます」

「この季節は特別ですね。僕もお店になかなか伺えず、すみません」

「雅史！　去年のライヴの動画、どこに入ってる？」

赤いTシャツの男が雅史の肩をたたいた。

「ああ、本体の中ですけど、ＤＶＤも棚に置いてあります」

「大きいモニターあるんだから、流しとけよ。ナナちゃんもお前も気がきかんなあ」

男が行ってしまうと、雅史はやれやれというふうに笑った。

「これだけの人数だと大変ね」

「ケータリングに少し頼ったので、それほどの手間じゃありません。飲み物、なにか持ってきましょうか」

「いえ、大丈夫」

嫌味無く、雅史は気を遣う。こういうふうに二人で話したことはあまりなかったのに、違和感が無い。高山より少し年齢は上だが、なにか共通のしなやかさがある。

「レコーディングは順調ですか」

「まあ、順調にいくなんてことは普通あまりないんですが、それ以前にみんなのスケジュールが合わせづらくて」

「雅史さんは銀座のクラブのライヴ、まだ続けてらっしゃるの？」

「ライヴというか、時にはカラオケがわりの演奏も含めて。でも、時々ジャズにすごく詳しいお客さんが来るので、勉強にはなりますよ」

「じゃあ、ナナさんともなかなかゆっくりできないわね」

言ってから祥子は、ああ自分は探りを入れている、厭な奴だと自戒したが、案外素直に彼は答えた。

「一緒に住めば一緒の時間も増えると思ったんですが、却ってすれ違いが多くなったかもしれません」

「雅史さんは、淋しくない？」

思わず尋ねると、彼は柔らかい笑みを浮かべながら、きっぱりと言った。

「自分の中には彼女がいつも居るんで、淋しくはありません」

そして、付け加えた。

「祥子さんも、そうじゃないんですか？」

十二月は忘年会やパーティーなどで、飲み屋の稼ぎ時だそうだが、ロングスプリングは例外だ。むしろ常連客が忙しくて寄りつかず、つい魚の仕入れも控えめになる。そんなときに限って、味にうるさい一見《いちげん》さんが来たりして、やりくりにも工夫が必要だった。結局クリスマスイヴも特に予約が入るわけもなく、ちょっと立ち寄った山本や岡田と、有線でシナトラやアンディ・ウィリアムスを聴いただけで終わった。翌日の二十五日は、前日は徹夜だったという高山も入ってくれたが、開店後二時間経っても、まだひとりの客も来ない。

「今年は祥子さんとふたりきりのクリスマスですかね」

「縁起悪いこと言わんといて。まだ三時間もあるやんか」

「ぼく、祥子さんのそういう前向きなとこ、好きですわあ」

悪態をつきながらも、それこそ高山は昨夜働いたもうひとつのバーに行ったほうが稼げるはずだった。年末は特別態勢でいいとは言ってみたのだが、あいかわらず頑固で、こっちに入ってくれている。しかし、下ごしらえして冷蔵庫に入れてある骨付きの鶏肉も、このままでは明日以降、煮物かスープの素になる運命だ。

「きっときみーはこなーい」

「やめなさいったら」

もう店を閉めて忘年会用のシャンパンを高山にふるまってやろうかと思った頃、わいわいとドアが開いて、男性のグループが入ってきた。

「すいません、四人なんですけど、入れますか？」

「大丈夫ですよ。こちらへどうぞ」

小上がりに案内して、とりあえず飲み物の注文を聞いた。スーツの男性がひとりと、あとはジーンズにダウンなどの普段着。よくは思い出せないが見覚えのある顔もある。

「学校の近くにこんなとこがあったのか。お前らはよく来るの？」

「俺は、はじめてです」

「僕はこの前一回」

やはり山本や砂絵の大学の関係者らしい。話しぶりを見ると、スーツ姿が卒業した先輩だろうか、いくぶん年嵩で、あとは在学生のようだ。

「学校もしばらく来ないと変わるよなあ。部室が無くなってるのにはまいったよ」

「去年取り壊して移ったんですよね。連絡もらってよかったです」

「まあ、正月早々悪いけど、そのぶんギャラはずむから、頼むよ」

生ビールを人数分と、それから、一人一人のお通しのかわりに、さつまいもを薄く切って揚げたのを少し、栗にきんぴらごぼうを盛ったものを高山に持って行ってもらった。

「あれ、これ頼んでないけど」

スーツの客がそう言った。その口調に祥子は少しひやりとしたものを感じたが、高山は臨機応変だった。

「クリスマスのサービスです。ほかに召し上がりたいものありましたら、この手書きのが今日のメニューですんで、ご覧になってください」

「そうか、どうも」

「すいません、いただきます」

学生たちは素直に礼を言った。カウンターに戻ってきた高山に頷くと、彼はウインクしてみせた。前に一度、お通し、という言葉にこだわって、代金に含まれているかいないかで食い下がった客がある。祥子の店では、便宜上お通しという言葉を使うが代金はもらっていないので、その時は明細を書き出して納得してもらった。この頃外国人客が多いところでは、お通し自体をなくしてしまう店もあり、一方で、チャージを高めに取るかわりに飲み物の値段を安くして、酒の好きなリピーターを狙う店もあるときく。明朗会計は当然とは思うが、かといって、メニューや店内に、「はじめにお出しする小皿はサービスです」とか貼り出すのも無粋に思えるし、まったく何も出さないのも味気ないと祥子は感じる。

「クリスマスに刺身ってのもなんだな。もうちょっと気の利いたものないのかよ」

「この前ここで、さらし鯨食べたけど美味しかったですよ」

学生のひとりが言った。

「お前は年寄りみたいなことを言うなあ。あんなもん旨いか？」

先輩はそんなことを言って、メニューを広げて見ていたが、

「ああ、これ、骨付きチキンもらおう。あとはお前ら遠慮せず好きなもの頼めよ」

「ご馳走になります」

「どうせならこんなとこじゃなく、銀座あたりでもっといいもの食わせてやればよかったなあ。悪かったよ」

卒業後勤め始めて五、六年といったところだろうか。仕事に慣れていく一方で、行き詰まりも感じる時期。祥子は、正社員という立場にはなれずに来てしまったが、組織の中で仕事をするしんどさは、二十代から三十代にかけてプロダクション勤めをしたし、堅気の事務の仕事にもついたことがあるので、少しはわかる。まだ学生の後輩たちにことさら「おとな」を気取り、迷いや憂鬱を忘れようとする、祥子にもそんなときがあった。

「チキンに思い切り唐辛子ふっといてください」

高山が小さく言う。

「まあ、我慢してこれもってってたげて」

注文されたポテトサラダと鶏料理を高山が捧げ持つようにして運んでいったとき、祥子の携帯電話にメールが入った。ナナからで、いつからお店休み？　とある。あとで電話をかけるか

メールすることにした。

「いえ、うちでお出ししているのはこれだけですね」

高山が小上がりの横に立って、スーツの客と話している。つきあいが長い祥子にはわかるのだが、完璧な標準語で話しているところを見ると、少々頭に来ているようだ。

「これだけなの？　一応和食の店なんだろ？」

祥子はカウンターを出て、歩いていった。

「祥子さん、こちらのお客様が」言いかけた高山を制して、スーツの客の前に立ち、座っている彼の頭より下の位置までお辞儀した。

「何か失礼でもございましたでしょうか？」

それほど酒はまわっていないようだが、顔が赤くなっている。

「いや、このメニュー」

「はい」

「日本酒の種類、これひとつしかないのかって聞いたらね、この人が、そうだって言うからさ。まさか和食の店でこんな貧弱な品揃えはないだろうと思ってね」

後ろで三人の学生はそれぞれに困惑した顔をして、座っている。別にこの店を和食の店とうたったことはないが、ここでそんなことを言ったらこじれるばかりだろう。

「申し訳ございません。当店ではこちらの銘柄をずっとお出ししてるんですよ」

「ふうん、それだけ自信あるわけだ。でもさあ、若い彼氏がそんな蝶ネクタイでカクテル作りますとかってやってるより、もっと日本酒そろえたほうがいいんじゃないの？」

微笑を絶やさないようにしながら、祥子はゆっくり言った。

「ご意見、ありがとうございます。なにか別のものをお持ちしますか？」

「まあ、ろくなものもないし、カクテルつくれるんならもらおうか。彼氏、あなたはどこのバーにいたの？」

「地方におりましたので、たぶんお客様はご存じないかと」

「やっぱりね。じゃあ、ひとつ頼むよ」

「何がよろしいでしょう」

「マティーニかな」

「かしこまりました」

店の中は会話がとだえ、有線のクリスマスソングが流れ続けている。高山に何か言った方がいいのか、祥子は迷ったが、任せてしまうことにした。学生たちに微笑んで見せ、空いている皿やグラスを片付けて厨房に戻る。高山がミキシンググラスに氷を入れた。小上がりの四人は高山の様子を見つめている。高山は、ごくあたりまえにジンを計り、ベルモットをくわえ、精確にマドラーを使い、綺麗な姿勢でステアした。手の甲にとって味見をし、それから、銀盆にカクテルグラスとミキシンググラスを載せると、小上がりのほうへ持って行った。テーブルに置いたグラスにカクテルを注ぎ、カウンターでいつもやる手つきで、グラスを滑らせ、男の前にとめた。その一連の動きは実に美しかった。

後輩三人が後ろから見守る中、酔いがすっかり醒めたとみえる男客は、小さくカクテルをすすり、いったい酒を味わえたのかどうか、「うまいね」と小さく言った。


あとで高山に尋ねたところ、はじめは、ジンだけを注いで、ベリードライマティーニだと言ってしまおうとも考えたらしいが、さすがに思いとどまったらしい。

「でも高山君がそこまで怒ることないやろ」

「怒りますよ。あんなんいちゃもんつけたいだけですやん。何がおもしろないんか知らんけど、自分の鬱憤晴らしたかったら、もっとちゃうやり方あるでしょう」

「ああいうお客さんもいてはるってこと。まだええほうやと思わんと。ま、ようきちんとやってくれたわ」

「なんやあほらしなったんです。ええ加減につくったら、こいつらがかわいそうやし」

高山はそう言って、自分のカクテルの道具を愛おしそうに撫でた。祥子はちょっと勉強させてもらったような気がした。

「せやけど学生さんらは、調子狂うほど素直でしたね」

先輩が憑き物が落ちたように勘定を済ませると、三人の学生は、ぴょこん、と祥子らにお辞儀をして出て行ったのだった。

ナナに電話してみたが、もう通じなかった。三十日が忘年会だから、よかったらどうぞ、ともう一度メールした。返事はなかった。


「あ、ここでいいです」

「こちらでよろしいですか」

タクシーの運転手が、ナナの顔をなるべく見ないようにしながら確認した。普段のライヴ帰りのタクシーなら、近頃の景気やスポーツの話、音楽や事件の話をして、あっというまに家に着く。だが、今日は車に乗せられた場所が場所だったから、車中もずっと気が重かった。フェイクファーのコートが、いやに暑苦しい。

お釣りは要らないと言って降りた。マンションまで一ブロック坂を上る。酔いは醒めたはずなのに、息が切れる。息は白く、立ち止まって見上げれば夜空は澄み、月が皎々と照っている。

ドアを開けると、今夜はクラブだと思っていた雅史が立っていて、「おかえり」と言った。目をそらすかわりに、ナナは彼の目をじっとのぞき込んだ。

「寒かっただろう」

雅史は言い、ナナは、その胸に倒れ込んで、全てを話してしまいたいと思う。なぜ楽しくないのだろう。なぜ心が昂揚しないのだろう。なぜ、今まで何度もしてきたように、隠すべき話題は隠しながら、明るく楽しく振る舞えないのだろう。

「寒いや。お風呂はいるね」

そう言って、ナナは微笑して見せた。

本年の営業最終日の朝、祥子は宅配便の配達で起こされた。年末は、ゴミ収集もいつもより早い時間に来るから、寝坊もできない。冷蔵便なのでいちばん先に伺ったのだと、祥子の起き抜けの顔を見た配達人は、恐縮して言った。

「いいえ、お世話様です。今年もいろいろありがとうね」

用意してあった小さな菓子を渡してそう挨拶すると、顔なじみの担当者は帽子を脱ぎ、あらたまってお辞儀をした。

「こちらこそ、お世話になりました。よいお年を」

よいお年。ほんとうに、もうあさっては新年だ。今日の常連さんとの忘年会を終えたら、今年は店も終わりである。

宅配便の送り主は伯母だった。品名・スモークサーモンとキャビア、と書いてある。あんまり豪勢なので、昼前になるのを待って電話してみた。

「ああ、着いた？　北欧土産なのよ。祥ちゃんはどうせおせちとか作らないんだろうし、たまには、と思って」

「一応田作りくらいはつくりますけどね。でも、ありがとうございます。きょう店の忘年会なので、そこでいただくことにします」

「ええ？　お店でふるまうの？　なあんだ。新年にお雑煮一緒に食べる新しい恋人とかいないの？」

「いやあ、実はもうそういうの面倒なんですよね」

「なに淋しいこと言ってるの。あ、そう。店の忘年会なのか、だったら、たまには行ってみようかなあ。構わない？」

伯母のきまぐれには馴れているが、そう言い出したのには驚いた。常連ばかりの無礼講の集まりなのだと一応牽制したところ、かえって乗り気になってしまい、絶対行く、と言う。

簡単につまめるものをいくつか整え、前日から煮込んであるボルシチの味見をしてから、キャビア用の黒パンとサワークリームを買ってきた。伯母のことを思って、食器などはちょっといいものを出しておいた。高山は今日から年越しまで仕事が入っているし、カウンターに料理と酒類を置いて勝手にとってもらう形式にしてある。椅子を壁際に寄せ、動きやすいようなかたちに整える。

五時からと告知しておいたのだけれども、四時半頃に扉が開き、岸先生が白い髭と共に現れた。

「ちょっと早かったですね」

「いえ、ばたばたしてますけれど、よかったらこちらでお待ちください」

今日の岸は、ゆったりとしたコートを着て、絵の道具を持ってきていた。イーゼルと画板を奥に立てかけ、今は小上がりに座ってもらう。

「どちらかにいらしたんですか？」

とりあえずあたたかいおしぼりを渡して祥子が尋ねると、岸はやはりにこにこして答えた。

「そこの公園は冬木が綺麗なんですよ」

大学の近くに、わりに大きな公園がある。子供を遊ばせる場と言うよりは、自然の雑木林を庭園にしたようなところだ。犬を散歩させたりジョギングしたりするのにいいと、お客さんからもよく聞く。

「私、ゆっくり行ったことがなくて」

「百日紅《さるすべり》の枝や、枯芝や、いいですよ」

岸はスケッチブックを開いて、描いたばかりのパステル画を見せてくれた。冬の陽が芝生や落葉しきった幹にあたって光っている。穏やかな、彼の表情そのままのような絵だった。

五時を過ぎた頃、岡田がすしの折り詰めを持ってやってきた。

「あとから商店会のほうに顔出さなきゃなんねえけど、それまで飲ませてもらおうと思ってさ」

「すみません。あ、じゃあ、お茶かなにかのほうがいいですか」

「冗談言っちゃいけませんよ。ねえ。お酒です、お酒」

岸のほうに岡田が同意を求める。二人が初対面だと祥子は気づいて、紹介した。

「へえ、関川さんの。そりゃあ大先生ですね」

「いいえ、私はもう邪魔にならないよう、なるたけ静かにしているだけです」

「ああ、おっしゃること、わかるような気がするな。いや、うちの娘が今度結婚するんですがね、もう、なんだかおれの人生終わりだなあと思っちゃってね。自分は黙ってるしかないのかなあと」

祥子ははじめて聞く話なので、二人に日本酒を持って行って、尋ねた。

「おめでたい話じゃないですか。もうお式とか決まってるんですか？」

「それがさあ、お恥ずかしい話、ほんとにおめでたなんだよ。これですよ」

岡田は自分の腹のあたりに弧を描いた。

「まあ」

「驚くでしょう？　俺は怒鳴ったんだよ、そしたらわかんないねえ、女房はもうよろこんじゃってさ、おれが仕事してる間にどんどん話進めてさ」

あんまり岡田が情けない顔をして言うので、祥子は笑ってしまう。

「でも、この頃は授かり婚とか言って、そんなに特別なことでも無くなってますよね」

「ああ、今はそういうふうに言うんですか」

岸が感心して言う。岡田は口の周りの泡も気にしないふうで、言葉を続けた。

「授かり婚だか、かりわく鎚だか知りませんがね、こないだまで結婚なんてしたくないって言ってたくせに、いきなりこれですよ。もうねえ」

「でも、それはおめでたい話だ」

岸が重々しく言った。祥子はわざと弾みをつけて軽く続けた。

「そうですよ。どうせ、お孫さん生まれたら、でれでれしちゃうんじゃないんですか？」

すると岡田は一瞬目を丸くしたが、やがて苦笑いした。

「そういうもんかねえ」

「きっとそうですって」

わかったふうなことを祥子は言った。小説や、映画や、人との会話や、そんなことから学んだ知識を使う。だが、もう自分は普通に子供を産める年ではないし、誰かの子供がほしいと思うこともない。孫の誕生を喜ぶ（あるいは悲しむ）両親もいないし、結局家族というものが、祥子にはわからないまま、こうして年を取っていく。家族を持つ機会はないではなかったのに、気がつけば、店という居場所だけができている。これでよかったのか、これからずっと店を続けていくのかどうか。時々お客と話を合わせながら、なにか遠いところにいるような気分になることがある。

関川と甘利が、同じ頃に入ってきた。関川は〆鯖と日本酒の一升瓶、甘利はベルギー製のチョコレートを差し入れてくれる。一応はじめの乾杯をかわし、祥子も飲み始めることにした。

「これはあなたが釣ったの？」

皿に載った綺麗な鯖を見て、岸が尋ねた。

「いや、これは築地で仕入れたのを自分で昆布締めにしたんです。あ、ママ、山葵《わさび》、僕が摩《す》りましょう」

祥子がおろし器を出すと、関川は持参した山葵を手早く摩って、皿の端に盛った。

「脂がのってるねえ。これは旨そうですな」

岡田が目を輝かせた。

「この日本酒、試してみてください。青魚にはこれが合うと思うので」

関川が言い、その『鹿聲』という瓶の封を開ける。ガラスのコップに注いだのを、岡田がぐいっと呷った。

「ああ、これは違うなあ。旨いですよ。でも、手に入りにくいものなんですかね」

「酒屋にはあまり無いけれど、そんなに入手しにくいわけでもないです。高くもないですしね。まあ、酒蔵にいけば、もっと珍しいのもあるみたいですが」

「ママ、これ旨いよ。飲んでみ」

そう言われて、祥子は味見させてもらう。たしかにすっきりとした辛口で、魚の脂にも合うように思う。

「ええ、美味しいです」

「だよねえ。これ、店に置けば？　おれは合うと思うなあ」

「考えときます。ごちそうさまです」

「今日は砂絵ちゃん、来ないんですか」

甘利が祥子にそっと尋ねた。あんなふうに言った割りには、砂絵はそれから訪ねてこない。実家住まいかどうなのかも知らないが、もう普通の学生は親元で過ごしている時季ではないかと思う。

「このチョコレートは彼女向けだったのね、残念でした」

「意地が悪いなあ。なに、今日はナナさんもいないし、ママの紅一点狙いってことですか？」

「悪かったね、ナナさんはレコーディングで忙しいんじゃないかな」

「この年末に？　そんなに詰まってるのかなあ。ああ、年越しのライヴとかあるのかも知れませんね」

この前橋本雅史が言ったことは、祥子の頭に残っていた。だからこそ、ナナがどうしているのかは、気になった。しかし、それ以上に、ほんとうに自分は雅史のように充足しているのだろうかと、自問していた。

「あー迷った迷った。川の反対に出ちゃったのねえ」

皆に酔いが回り始めた頃、騒がしく道江伯母が入ってきた。そろそろキャビアとサーモンを出さねばと思っていたのでタイミングとしては申し分なかったが、常連さんたちは伯母の出現にびっくりしたようだ。祥子でさえ、毎回伯母のいでたちには驚かされる。以前は緑がかった黒に染めていたボブが、きょうは真っ白になっていて、着ているコートはどこかの高僧の衣のような鮮やかな紫。それを脱ぐと、銀糸と紫の綾織りのスーツ。祥子より背が高い上に姿勢がよいものだから、とにかく存在感があって、とても今年古稀を迎えたとは思えない。

「おばさん、いらっしゃい」

「電車が遅れてたから、急行に乗ったのね。それで通過してしまったから、ええい歩いちゃえと思ったのが間違い。結局国道からタクシーに乗っちゃった」

「髪、かえたんだ」

「北欧まわったら、色薄くしたくなったの。あ、これ差し入れ」

ウォッカにリボンを結んだものを渡してくれた。

「いや、もうお酒は十分ですよ」

「私が飲みたかったの。あら、美味しそうなチョコレート」

「あ、それぼくからです。ベルギーのらしいです」

甘利が言った。伯母に冷えたシャンパンを注いで渡し、キャビアとサーモンを出して皆に紹介する。たちまち彼女は場にとけこんでしまう。

亡くなった母は、性格が全く違う姉の道江を頼りにしていた。祥子が東京の大学に通ってそのまま就職するといったときも、父は反対したが、母が、道江姉さんもいるからと説得した。父にしてみれば、再婚もせず、ひとりで気ままに事業をやっている義姉を一人娘がお手本にすることも不安だったのだろう。だが、上京してすぐは、観劇に誘ってくれたり、服を買ってくれたり、いろいろ構ってくれた道江伯母だったが、祥子も大学ではクラブに熱中し、就職してからも朝昼無い生活で、そのうち、お互い都合のいいときに会って喋る、友人みたいな関係に落ち着いた。

母の癌が見つかって亡くなるまでの一年半と、そのあと父が入院して亡くなるまでの一年、祥子は実家に戻っていたが、道江は今思えば仕事にかこつけて、しょっちゅう大阪に来てくれた。別に家事の何を手伝うわけでもなく、いつも綺麗な服装で、華やかで愉しいことを語っては帰って行った。母の死の直前は、もう来てくれるなとまで道江に言った父は、自分が入院してからも同じように見舞ってくれる彼女に、ある日しみじみと礼を言い、祥子を頼みますと言った。

「肉親や大事な人が亡くなった後しばらくは、あんまり大きなことを決めない方がいいのよ」

父の三回忌をすませて店の計画を話したとき、道江は祥子にこう釘を刺した。

「店開くんなら、何のために開くのか、ちゃんと言えるようになってからよ。わかった？」

そのあと伯母と、店について話したことは無い。二年後、なんとか開店にこぎつけてからお知らせを送ると、何も訊かずにきちんとお祝いしてくれ、その後も一年に一回くらいのペースで来てくれる。伯母は伯母なりに、父からの頼まれごとを果たしている気分なのかもしれなかった。


「そうです、好きな酒場があれば」

いつのまにか岸のまわりにみんなが集まって、話をきいていた。祥子も側に寄って、耳を傾けた。

「世界中のどこでも、自分が好きな酒場さえあれば、私はそこに居られる、そう思うんですよ」

岡田が頷く。

「初めて行って、えらいとっつきにくい町で、そういうとこで、ちょっとの間でも落ち着いて飲めるとこを見つけられれば、確かにまったく印象がかわりますわね」

「まあ、僕などは、釣りができるところが、天国ですけども」

関川が言うと、皆微笑んだ。伯母がウォッカを舐めながら口を開く。

「なんでしょうねえ、世界の果てに自分の居場所があるって素敵じゃないですか。それを信じられるってこと自体が夢なんじゃありませんか。だいたい、今、世界の果てなんかないですしね」

　岸は頷いて続けた。

「そう、今は行方不明になることも難しい。昔、『旅愁』というアメリカ映画がありました。飛行機事故で死んだと思われた二人が、二人で別の人生を歩もうとする」

「でも、確かあれは、結局そうならずに終わるんでしたよね」

「そう、誰もが一瞬は持つ夢なのかもしれません」

　岸の口調は柔らかく、なにかを思い出しているような、そんな感じがした。

「人間って昔からそうなのかしら。好奇心なのか、放浪癖なのかわからないけれど」

「道江伯母さんは、狩猟本能じゃないですか」

　祥子が口を挟むと、道江は睨んで見せた。

「人間のそのあたりは、山本先生が居れば民俗学的見地なんてとこから解説してくれるんじゃないかね」

　岡田が言う。そういえば山本は、イヴに来た日、忘年会にはゆっくり来ます、と言っていたのに、姿を見せない。

「知らない街を歩いてみたい、どこか遠くへ行きたい、ですか」

　関川が少し節をつけて言うと、甘利がためらいがちに口を開いた。

「今は人間がどこかに行って、リセットしてやり直す、そういうのが難しいでしょう。ＤＮＡ鑑定にＧＰＳ。網になって地球を覆っている。何十年も昔の発言や画像がすぐネット上にアップされちゃうわけですから」

「便利なようで不自由なのかしらねえ。いま自分から蒸発なんて難しいでしょ」

「蒸発って言葉はなつかしいなあ。いやほんとですよ。こうやって飲んでたり、愛人と逢っても、見つけ出されちゃう」

そう言った岡田のポケットで、呼び出し音が鳴った。ほらね、というふうな顔で、彼は電話に出る。しばらく渋い顔で相槌を打っていたが、やがてぶっきらぼうに、お前も早く寝ろ、と言って切った。

「娘ですよ」

皆の視線に岡田は照れて笑う。

「そろそろ商店会の夜回りが始まるって家に誘いに来たらしい。おれは行きますわ」

「あ、じゃあ僕もそろそろ失礼するかな」

関川もそう言い、席を立った。いつの間にか、ずいぶん遅い時間になっていた。

「山本先生、いらっしゃいませんでしたね」

「ほんとだ。息子さん夫婦と温泉にでも行ってるんじゃないの？」

事情通の岡田はそんなふうに言った。考えてみれば、いつもいろんな蘊蓄を披露してくれる山本は、長男の話をときたまするだけで、一緒に住んでいるのかどうか、祥子は知らない。以前大学の名刺をもらっただけで、自宅の住所もわからないのだった。よく顔を合わせていても、こういうことはある。いっぽうで人の情報が裸になって、いっぽうで常連さんの私生活もわからない。

二人が出て行った後、祥子は用意した料理がまだずいぶん残っているのに気づいた。四人で、ウォッカとキャビア、ボルシチに黒パンという、ロシア風の食事をした。

「こんなに残ってはもったいないわね」

道江が呟いた。

「今年はいらっしゃる人が少ないのに、いつもより多く用意しちゃったから」

祥子がそういうと伯母は少し厳しい口調になった。

「駄目ねえ。祥ちゃんはまだまだ自覚が足らないのよ。商売というのはもっと真剣にやらないと」

曖昧に祥子は頷いた。

「ええ、まだまだですね」

「でも、その素人っぽさがいいんじゃないですか？」

困ったように甘利が軽口をたたいたが、道江に一蹴された。

「ぽさ、というのは本当はそうでないときに言うの。そう言う意味では、まだ、ぽさ、とも言えないのよ」

「ははあ」

「このボルシチは、祥子さんの味付けですか」

岸が尋ねる。

「ええ、大昔の雑誌に載ってたレシピなんですけど、ずっとこれでつくっています」

「そうですか」

岸は満足そうに飲み干し、「おいしかったですよ」と笑った。伯母も毒気を抜かれたように、黙って黒パンを囓った。

伯母のためにタクシーを呼ぶと、順々に岸と甘利を落としていく、と言ってくれた。祥子は出がけにそっと車代を渡そうとしたのだが、伯母は黙って首を横に振った。

「どうもありがとう」

助手席の窓ごしに、祥子がまじめに礼を言うと、彼女は笑って頷いた。

「今日は突然ごめんなさいね。また来るし、体気をつけて」

そう言うと、すぐ運転手のほうを向いて、道順を説明し始めた。祥子は岸と甘利を見てから深くお辞儀して車を見送った。

「ひのようーじん」

「ひのようーじん」

二　ポインセチア

　遠くから商店会の人々の夜回りの声と、拍子木を打つ音が聞こえてきた。冷気がこたえた。もう大晦日だ。祥子は店に入ると扉に施錠し、看板の灯を消した。

三　水仙

「祥子さん、アイスクリーム食べます？」

車内販売の声を聞いて高山が尋ねた。

「私はいいや。あんた食べたかったら食べ」

「すいませーん。バニラアイスひとつ」

D席の高山は、嬉しそうに昔ながらの木のスプーンを使い始める。

「なあ高山君、あんた、なんかはしゃいでない？」

「そら、人と新幹線乗るの久しぶりですもん。修学旅行みたいですやん」

「君は明るうてええなあ」

年明けの開店早々、水道管が破裂した。予報で冷え込むと言っていたのに、つい油断したのだ。水道局に連絡したところ、正月休みで凍結対策をせずに出かけていた人が多かったらしく、復旧工事は立て込んでいるようだった。水道管修理はその日の夜に何とか終わったのだが、店の入口脇の敷石を掘り返したため、その復元は別工事で連休明けにしかできないと言われた。はじめは、多少みっともなくても、すぐに営業再開するつもりだったのだが、ひとり店内で花瓶に生けた大王松と南天を肴に日本酒を飲んでいるうち、急に休んで出かけようという気になったのだ。

数日休みにして大阪に行くと伝えたら、実家で用事があるという高山は、じゃあ、行きはご一緒しましょうと、すぐ自分の予約を取り直し、祥子のチケットまで手配してくれた。店のシャッターにあらためて臨時休業の期間を書いて貼り出し、サイトの告知お願いします、と甘利にメールして、出かけた。

「これはちゃんと仕事で来てんねんからね」

「せやけど、いきなり蔵元て、そら思いつきでしょう」

「うーん、ええ機会与えてもろた、てとこかな」

「祥子さんも殊勝というか、根に持つとこありますね。ぼくにはあんとき、そない怒らんでも、とか言うといて」

「せやねえ」

「まあ、ちょっとのんびりしはったらええんちゃいますか。おっ、富士山ですよ」

車窓に目をやると、真っ青な空を背景に大きな山裾が広がっていた。その姿を見ると祥子は、清々しく新鮮な気分がして、何の根拠もないけれども、いい年になりそうだと思った。高山が他の乗客に聞こえないくらいの音で小さく柏手を打ち、富士の方向へ頭を下げた。

忘年会に関川が持ってきてくれた『鹿聲』という日本酒は、大阪と兵庫の県境近くの酒蔵のものだった。さっき高山が触れたように、クリスマスにやってきた男の言い方には腹が立ったのだが、それ以上に、常連の関川や岡田が、店の酒にこれがいいと口々に推薦したことに、内心忸怩たる想いがあった。確かにウィスキーの品揃えに比べれば、開店当初から入手しやすいことをいちばんに考えて仕入れてきたところはあったたし、ふと、この縁でその酒造会社を尋ねてみてもいいかと思ったのだった。それに、故郷へ戻ったついでに、両親の墓へも久々に参ってくるつもりでいた。

「ひとつ、訊いてええですか」

名古屋にさしかかった頃、高山が言った。

「なに」

「店持つのん、祥子さんの昔の恋人の夢やったって、ほんまですか？」

「はあ？」

声が高くて、通路の向こうのC席の男がちょっとこっちを睨んだ。軽く頭を下げてから、高山の顔を見つめなおす。

「甘利さんもそんなこと言うてたけど、近頃妙な噂がとぶねえ」

「ちゃうんですか」

「ちゃうちゃう」手を振りながら言ったが、ふと思って続けた。

「ほかにはどんな話が出てるんかな」

「言いにくいですけど、恋人が開店準備中に亡くなって、その夢かなえるために祥子さんが頑張って、巨額の借金返しながら店開いたとか。今でも毎月祥子さんはその人の年取った両親に仕送りしてるとか」

祥子は呆れて、ぽかんと高山を見た。

「誰や、そんなストーリー書いてるのん」

「やっぱり、ちゃいますよね」

もう否定するのも阿呆らしかったが、開業までの話は高山にも殆どしてこなかったし、プライベートを知る客も殆どいないないか、脚色されるのは仕方ないかと思った。

「ないない。そんなひたむきな女に見えるんかねえ。係累がいてへんから、細々とでもやっていけてる、いうのは、ある程度高山君にもわかるでしょ」

「ぼくも、せやろなあとは思ったんですけど」

「そうそう」

「ただ、最近、祥子さんがなんか悩んではるんかな、とか。ほんで噂聞いて、もし、水商売を祥子さん自身がしたいと思ってはじめはったたんと違うんやったら、急に店たたんでしもたりするんとちゃうかなとか。まあ、いろいろ考えてしまったわけです。すいません、ごちゃごちゃと。せやけど、今回酒蔵行かはるて聞いて、ちょっと安心しました」

新幹線の改札で高山と別れた。帰りも一緒になれそうなら連絡をくれと彼は言ったが、祥子は一泊で帰京するつもりだったから、同行の感謝も込めて、ゆっくりしてきて、と返した。

ターミナルは、まだ冬休みの学生や、出張のビジネスマンであふれていたが、私鉄のローカル線に乗り継いだあたりからは、だんだん人が少なくなってきた。次に乗った単線の二両編成の列車内は、もう地元の人だけのようだった。少し歩けばケーブルカーもあるという終点駅から、一時間に一本というバスに乗る。客は祥子の他には地元の主婦が二人。地図や路線図を一応ダウンロードしてきたのだが、通過してしまう停留所も多く、あといくつで降りればいいのかも心許なかった。

田畑が西側に広がり、東側に山がせまっている車道を、バスは黙々と走った。目印の登山口、という標識が見えてきたとき、祥子は慌てて降車ベルを鳴らし、もたもた料金を払ってバスを降りた。

地図に従って十分ほど歩くと、何か酒の酸味のような匂いがして来た。蔵というよりは、二階建ての、小さな工場のような建物が並んでいる。壁に大きなマークがあり、古風な字体の「有限会社鹿聲酒造」という看板が掛かっていた。

蔵の扉は開いていたが、覗くのは気が引けて、あたりを見回す。道路の向かい側の建物に、小さなショーケースがしつらえてあり、何本か酒瓶が飾られていた。そこが事務所になっていて、直接酒を購入できるようだ。

アルミサッシの戸を開けると、机に向かっていた女性がこちらを向いた。

「ご用ですか」

突然来るひとは珍しいのか、一瞬の沈黙の後、彼女が尋ねた。祥子は、とりあえず、見学できるかどうか訊いてみた。酒屋さんですか、と尋ねられたので、小さい店をやっていると答えた。

「そうですか。でも見学は受け付けてないんですよ。ねえ、社長」

「うん？　なんや？」

奥から出てきた作業着の男性は、いきなり呼びかけられて、びっくりしたように言った。

「こちらのお客さんが見学したいて」

「ああー、前は団体で講習と見学とかセットでやってたんですけどね。今は、やってないんですわ」

まったくすまない、というふうに言う。お店をやってはるらしいです、と女性が話してくれた。つられた祥子も大阪弁で、小さな店ですけど、と付け加える。

「そういうことやったら、ちょっと試飲してみはりますか？」

社長が言ってくれて、祥子は別の部屋に案内された。事務所にはストーブがあったが、こちらはパイプ椅子とテーブルがあるだけの、殺風景な部屋だ。しばらく待っていると、若い、やはり作業着の男性が、酒を運んできた。社長がパンフレットを持ってきて、説明してくれる。

「いま試飲してもらえるのは、この古酒と、吟醸酒、それとこのへんの純米酒ですわ。おたくは魚出しはるんですか？」

「恥ずかしいくらい小さな店で、まあ、おばんざいみたいなものと、お魚もお肉も、いろいろですね」

「それやったら、こっちの純米吟醸がええかなあ」

話している間に、若い男性が小さなグラスにそれぞれの酒を入れてくれる。

「まあ、どうぞ」

おくやまという吟醸酒を飲んでみた。関川がもってきてくれたものと同種の味で、香りは高いが、すっきりとして食事に合いそうだった。いっぽう、秋笛という古酒のほうは、濃厚な味で、食後酒にもいいだろうが、味のしつこい料理にいいかも知れない。

「秋笛いうんは、雄鹿を捕らえるとき、牝鹿の声に似せた笛を使うそうで、それに因んだ名前です。地元の学者さんにつけてもらいました」

もとの故事の「秋の鹿は笛に寄る」の漢文の揮毫が、社長室の壁に、額に入れられて飾ってあるという。恋に身を滅ぼすたとえで、転じて弱みにつけこまれるということでもあるらしい。

「名前の由来でもありますけど、毎日用心せえよーと戒めてるわけですわ」

社長が人なつこく笑った。

なんでもこの酒蔵は、原料の米から、すぐ傍の自営田で、低農薬でつくっていると言う。社長自身が誇りを持っているから、社員の働きぶりもよい。辺鄙な場所の割りに頻繁に訪ねてくる関係者や客と、事務所の女性たちが交わすやりとりも、ざっくばらんで気持ちがよかった。社長のほうも、時々社員にやりこめられながら、互いを尊重しているのがわかる。

「猪食べましたか。旨いですよ」

社長がそう言う。ここの酒に合うらしい。

「牡丹鍋ですか」

「駅前の食堂で肉うどんみたいなのもあります。あ、もう今日は閉めたかもしれんね」

「鹿と猪ですか、あとは蝶ですね」

祥子はちょっと冗談を言ってみた。

「よう言われます。せやけど、猪は牡丹鍋やのに、なんで花札の牡丹には蝶がついとるんや？」

社長が社員たちに訊くと、

「そんなん知りませんよ」とにべもない。

「この人らにあとは頼んでください。春はそこらの山の桜が綺麗ですから、また来はったらええ」

社長は笑って、ちょうど訪れてきた客と応接室に入っていった。祥子は慌てて礼を言い頭を下げた。事務所の女性に注文の仕方や配送のこと、卸している扱い店などを尋ね、いま入手できる中で予算に見合うものを何本か選び出した。その上で、店に送るのとは別に、四合瓶を二本持って帰れるようにして貰う。

「いや、東京から来られたんですか」

送り状を受け取った女性は驚いた様子で、遠いところをよく、と祥子を労った。

「社長も、春にまた来はったら、て、そらちょっと大変やわねえ」

「いえ、できたら来てみたいです。きょうはありがとうございました」


帰りは勝手がわかったので電車の乗り換えも楽だったが、大阪市内の駅に着くと、もう日はすっかり暮れていた。特に泊まる場所は予約していなかった。翌日の午前中にお墓参りをすませたかったので、それに便利な、ミナミのビジネスホテルをネットで探し、チェックインした。休日だから空室が多いかと思えば、セミダブルの部屋をカップルで使う若い観光客がけっこうあるとのことで、祥子はレディースフロアの小綺麗な部屋をあてがわれた。

小さな窓からは、ビルの隙間に心斎橋の町が見えた。久々の故郷なのだが、もう実家はないし、親類も遠い縁戚ばかりで、墓以外に訪れるところも、知らせるところもない。買ってきた四合瓶二本を冷蔵庫に保管し、デスクの上の、うまいもんマップというパンフレットを眺めた。たこやきに洋食にうどん鍋。昼前に新幹線の中で簡単な弁当を食べたきりだったから、おなかはすいていたが、一人で雑踏にはいっていく気分にならなかった。服のままベッドに寝転んだ祥子は、いつのまにか寝息をたてていた。


「休みか、珍しいな。無駄足踏ませて悪かったね」

シャッターに貼られた、謹賀新年の下に臨時休業と書いてある紙を見つめながら、藤木は言った。

「いえ」

「やはり、君の言うとおりあらかじめアポを取ったほうがよかったか。ただ、それだといつになるかわからないと思ったんだ」

青年は無表情に、なんとなく頷いた。藤木よりほんの少し背が高く、しかしずいぶん痩せている。モッズコートの下から覗く脚がひどく細い。かろうじて街灯に照らされて判読できる、壁の琺瑯《ほうろう》の看板を見上げていた。

「ロングスプリング」

「うん、店名としてはちょっと長いよなあ。ま、出直しましょうか」

「お忙しいのに、すみません」

ぺこり、と頭を下げる。不遜だとよく言われていた彼の父親のことを、藤木は思い出す。

「いや、遅れてた原稿が一段落したとこで、ちょうどよかったんだ。また、仕切り直そう。なにか食べに行こうか。何が食べたい？」

口数が多いなと自分でも思いながら、藤木はことさら「面倒見のいい男」を演じ続けている。

「好き嫌いはあまりないんで」

少しかすれた声が、藤木の記憶を呼び戻した。

藤木がはじめて映像の現場に入った頃から、いつも自信ありげに存在していた松原良介。なぜか気に入られて、ほんとうは脚本を書きたいと思っていたのに、朝から晩まで現場付きのアシスタントになった。長い間一緒にいたから松原の女の自殺騒ぎにも遭遇したし、詐欺や薬物であげられそうになったことも知っている。それでも、幼なじみだというマリコを妻にして、娘と息子ができてからは、家族に影響の出るようなこと、つまり警察沙汰につながることだけは控えるようになった。

祥子と藤木は前からの知り合いだったが、彼女が映像プロダクションでアルバイトを始めると、仕事で顔を合わせることも増え、その流れで、時々松原と三人でゴールデン街や六本木を飲み歩くようになった。三人とも酒にはめっぽう強かったのだ。いずれは松原を頭にこんな映画を撮ろう、ハリウッドやチネチッタや世界中の撮影所に行こう等と話しては、朝を迎えた。

だが、松原が祥子の部屋に入り浸るようになったのは、藤木が物書きになってからの話で、藤木は松原マリコに尋ねられて初めて状況を知ったくらいだ。だから、そのあたりの経緯は、よくわからない。

さっさと会ってしまえばいいんだ。

無表情に店を眺めている青年を見つつ、藤木は思う。

いまだに松原の家族に関係することを逡巡しているような祥子に、藤木は少し苛立ってい
た。そして、祥子となぜ会いたいのか自分から話そうとしない、松原の息子にも。

だが、敢えて聞き出すことでもない。

「新宿に出ようか。連休で河岸は休みだし、羊でも食べよう」

先日友人の新聞記者に教えてもらったウイグル料理の店を思い出して、藤木はそう言った。

大きな白い部屋で、これから宴会が行われようとしているのだった。ところどころに保育園
のような原色の大きなクッションが転がっていて、人々は立ったり座ったり、思い思いの姿勢
でなにかを待っている。それが誰かなのか何かなのか、祥子にはわからない。外は夜で、雨が
降っているようだ。よそゆきの恰好をした母が、まだ準備ができないの？　と祥子を叱る。エ
レベーターホールまで松原を迎えに行かねばならないのに、その道がわからない。高山が、鰻
の出前が来たと告げにきて、そうだ、廊下の古い水道管を除けなきゃいけないのだ、と焦る
――。

天井の蛍光灯が皎々とついていた。体が重くて寝汗がひどい。祥子は起き上がると、冷蔵庫

からミネラルウォーターを出してごくごく飲んだ。二十一時。このまま寝てしまって、夜中に空腹で目覚めるのも厭だった。このホテルはルームサービスはないから、近くのコンビニで軽食を仕入れてくるか、入りやすそうな店でもあれば、軽く食事してきてもいい。新しいワンピースに着替えて顔を洗い、化粧を直した。それから、ちょっと考えて、さっきの「うまいもんマップ」を一応バッグに入れ、部屋を出た。

何年ぶりかの心斎橋は、様変わりしていた。老舗のファッションビルが解体中だったり、小さな店舗がひしめいていた敷地に、大手のアパレルメーカーが新しいビルを建てていたりする。母とよく行った、ヴォリーズの設計した百貨店が、おざなりに外側だけ残されて改築中なのは、悲しかった。行き交う人も外国人と若者が多く、昔を惜しむ者も居なさそうだ。それでも、昔からある小さな古書店が健在で、閉店後で中には入れなかったものの、ショーウインドーに上方芸能に関する本や、初代通天閣の絵葉書を見出して、祥子は少し慰められた。

長い間、店を探して歩くということをしていなかったから、なかなかひとつの店に入っていくきっかけが摑めない。常連で賑わっているところは尻込みするし、かといって閑散としているところや、前に店員が待ち構えているところもどうも怯む。持って出たとは言え、こんな繁華街の真ん中でひとりでガイドマップを広げるのも、みっともない。

そろそろ疲れてきたころ、脇の店の戸ががらっと開き、「ごちそうさまー」と若いビジネスマンらしき二人連れが出てきた。後ろから「ありがとうございました」という声が重なる。中を垣間見た感じでは、長いカウンターが主体で、狭すぎず広すぎず、居心地が良さそうに思えた。二人連れが歩き去るのをやり過ごしてから、祥子は暖簾をくぐった。

「いらっしゃいませ！」

男性の店員が、お一人ですか、と、若い女性店員の前のカウンター席に誘導してくれる。客は、中年女性の二人連れと、男性の一人客。壁側の二人席に若いカップル。生ビールを頼み、壁に所狭しと貼ってある手書きのメニューを見た。黒板に、本日のおすすめとして、いかの刺身やふろふき大根などが書いてある。祥子の店のメニューと微妙に重なっているが、厨房が独立していてもうひとり料理人がいるので、揚げ物などを定番にできるもののようだ。値段はこの盛り場の飲み屋としては、それほど高くない。日本酒も焼酎もいろんな種類を置いていて、地ビールもあった。目の前の女性におでんの厚揚げとゴボウ天をいれてもらい、ぶりの刺身を頼んだ。おでんはよく昆布だしが染みていて、刺身も旨い。しかし、そうしながらも祥子は、売上高や人件費、賃貸料などを考え始めてしまい、これでは、久々の故郷の繁華街でしみじみ飲んでいる、という感じではないなと内心苦笑した。

「ここは、新しいんですか」

標準語で開き直って訊いてみた。やっと二年来ました、とカウンターの彼女は答えた。その口調から、これは雇われているのではない、と直感し、遠慮しながらも、女将さんですか、と尋ねた。

「そうなんです。キッチンにいるのがダンナで、二人で店出そ、言うてたんがようやくかのうて」

嬉しそうに彼女は言った。はじめ思ったより、年はいっているのかも知れない。奥で包丁を握っている少し年嵩の男性が夫で、接客している男性はバイトなのだという。

店を出したいという夢をかなえた、か。

祥子は、今朝の高山との会話を思い出した。祥子がなにか悩んでいて、それで店をたたんでしまうのではないかと、彼は心配したという。自分は毎日きちんと店を開け、頑張って仕事していたつもりなのだが、どこか違っていたのだろうか。年下でも自分より水商売のキャリアが長い高山にとって、祥子があぶなっかしく見えたということだろうか。

「まあ大変で、いつ店たたまなあかんかわかりませんけどね」

奥からご主人が言った。彼女が「またそんな不景気なこと言うて！」と頬をふくらませる。そのやり取りは小気味よく、常連らしき女客たちも笑い声を上げた。

「いっつも仲ええなあ、うらやましいわ」

「ご主人、だらしないこと言うてたら、ほっぽり出されるよ」

「そんなんしません。うちの人大事やし」

また笑い。カップルの客も釣られて笑う。カウンターの中年男性が、「あー家恋しなった。もう帰ろかな」と茶々を入れる。

夫婦でやっている店にはそれなりの空気があり、客もその空気に安心してやってくる。自分の店にはないその雰囲気のなかで、祥子は場違いのような気もしたが、今晩だけは旅人として愉しませてもらおうと思った。

「すいません、こっち、道頓堀ビールお願いします」

翌朝は早くにチェックアウトし、駅に荷物を預けてから父母の墓に参った。

一月の墓地は明るくて淋しい。正月に誰かがお参りに来た墓と、そうでない墓の差が目立つ。祥子の両親の墓は、先祖代々のものとは違い、父母が話し合って生前にたてたものだから、まだ石も字の刻みも真新しいが、やはり半年近く放っておいた汚れを見ると、父の愚痴が聞こえてきそうな気がした。何回か水を運んで流し、母の好きだった水仙と高野槙を花入れに生け、父の好きだった薯蕷《じょうよ》饅頭を供えると、ようやく新年らしい景色になった。線香を焚いて手を合わせた。

自分は今年四十五になる。もうすぐ母が亡くなって十年、それから一年少しで父が亡くなり、そうして松原が逝って六年。なんだか人を送って悼むばかりの時間だったように思える。いや、松原に関しては、かれが祥子の部屋を出て行ってから一切会っていないのだから、送ったというのは違うかも知れない。それでも祥子には、なにか、そういう気がするのだった。

両親は生前、一人娘の祥子が縁遠いとか、結婚しないとか嘆いたことは無かった。時々伯母が目の前で祥子をからかったりしても、父母は、もうあきらめたというように笑っていた。もちろん祥子はそれまでいくつか恋愛をして、中には両親に紹介した男性もいたのだが、結局、結婚したり一緒に住んだりする相手はいなかったのだ。唯一、松原良介だけが、いつのまにか部屋に居着き、他者という存在に祥子が馴れたころ、祥子の前からいなくなった。

祥子には、橋本雅史が言ったような、心の中に松原がいつも居る、といった感じはまったく無い。甘利が言ったように、想いが完結し充足している、というふうでもない。藤木は藤木で、祥子がいまだに松原の居ない喪失感を抱えていると考えているようだが、それもまた違うように思える。

墓地は晴れていた。急に、父と共に母の納骨をすませたときのことを思い出した。親戚と会食を済ませた後、もう一度この墓の前に佇んだ父は、「しんどいなあ」と小さく呟いた。二人で家に戻ると、九月の終わりでまだ暑さは残っていたのに、家の中は冷え冷えとしていた。

今はもうその実家も、祥子が処分してあとかたもない。これから自分が帰れるのは、東京のあの家でありあの店だけなのだ。


「わかりました。そしたら僕は予定通りにさせてもらいます」

高山次朗がそう確認して電話を切ると、後ろにいた兄が心配そうに尋ねた。

「年明け早々から休み取って、大丈夫なんか？」

「平気や。ふだんちゃんと仕事してるから、こういうときは威張ってられる」

「そうか。まあ、こっちもいきなり北海道とか沖縄とか行くわけでもないし、忙しいときにお前を呼びつけるつもりはなかってんけど、お袋がな」

「普段憎まれ口きいてるくせになあ」

高山の兄は損保会社に勤めていて、今度奈良の支店への内示が出た。今までは父母の家から車で十分ほどのところに妻子と住んでいたので、母もなにかと愚痴りながらも、兄を頼りにしていたのだが、これからは片道一時間はかかるとあって、不安がっている。今のところ父母は元気だから心配ないものの、将来のことは高山も無関心ではいられなかった。

「一応俺は長男やし同居は覚悟してるけど、なんせ親父の性格があああやから。いざ、というときは、次朗とも相談せなと思たわけや」

「義姉さんと親父の同居は難しそうやしなあ」

「まだ先のことやけど、お前もちょこっと頭に入れといてくれ」

「うん、わかった」

「そらお前かて、ゆくゆくは店持ちたいんやろうけど、もしこっちに帰って来てくれるんやったら、そこは開業資金とかかてフォローするよって」

「まあ、それはまたその時の話でええよ」

「そうか」

それだけ話すと兄は気が済んだようだった。

「さっき電話してたん、今の店のオーナーか。調子はどうや」

「うん、ええ店やと思う。いや、だんだんええ店になっていくと思うわ」

「なんや、他人事みたいに」

「まあ、言うたら他人の店やし」

そう言ってから、不安そうに自分を見る兄の視線に気づき、高山はこう続けた。

「せやから、あんまり邪魔になってもあかんとは思うけど、なるべく長いこと手伝いたいかなあて気がするんや」

「ふうん。まあ、ようわからんけど、気のおおてる人やったら、とりあえずは不義理せんと大事にするこっちゃな」兄はそんなことを言った。

「うん」

噂話について、祥子に訊くのは気が引けたが、思い切って尋ねてよかったと高山は思う。関ヶ原の雪に目を奪われるまでの短い間だったが、祥子は、亡くなった両親のことと、開業の簡単な経緯を話してくれた。恋人の話は、聞きそびれた。

本当は高山も蔵元行きに同行したかったのだが、墓参りもあるから、と祥子にやわらかく断られた。しばらくひとりで遠出もしていないしと言われれば、無理も言えなかった。ただ「真っ先に試飲してもらうから」と別れしなに、あらたまって言われたのは、普通に考えれば当然のことなのに、なんだか妙に嬉しかった。

祥子の屈託なく笑う様子、高山の冗談に眉を顰める表情、一心不乱に料理を仕込んでいる横顔、彼女のいろんな姿が思い出された。

「そんなひたむきな女に見えるんかねえ」

いや、十分見えますって。彼は頭の中で、突っ込みを入れた。

兄が欠伸しながら尋ねた。

「ほんで、今度はいつ東下りすんねん」

「あした」

自分でもだしぬけに、高山はそう答えた。


貼り紙をはがして、シャッターを開ける。外光が射した室内は、出発前に清掃したのに、もう埃が目立った。祥子は設備の点検をしてから、あらためて拭き掃除をし、食材を確認した。明後日の朝、入口脇の敷石をなおすために、開店当初から世話になっている工務店が来てくれる予定になっている。それを見届けてから店を開けるつもりだったのだが、祥子は、もう今日から開店してしまおうと決めた。連休でろくなものはないだろうが、かたちだけでも肴を見繕おうと、駅前の年中無休のスーパーへ出かけた。

商店街はまだ餅花と羽子板の飾りで彩られている。休日とはいえ、ほとんどの店のシャッターが閉まっているのが、余計に寒々しい。そんな中、田中花店だけは、半分ほど店を開けていた。

「あ、ママさん」

中から女主人が声をかけてきた。新年の挨拶をしようとしたところ、声をひそめて、「知ってます？」と言う。いぶかしげな表情をした祥子に、彼女は言った。

「大学の山本先生、ご存じですよね」

「ええ、うちにも時々」

「亡くなられたんですよ」

発見されたのは、連休前だったが、死亡推定時刻はその数日前だったと言う。別のところに暮らしている家族が、正月にも連絡がないといって訪ねて来て、わかったのだそうだ。

「店の忘年会にいらっしゃるはずが見えなくて」

取り返しのつかないようなことをした気分で、祥子は口ごもった。

「いえ、確か大晦日に近所の方が、蜜柑をもっていったみたい。だから、そのときはまだ、ねえ」

山本は服装もいつもきちんとしていたし、帰宅時間もきっちり決めていた。大学を退いてからも、何か論文を書いているのだと言って、酒を過ごすことは無かった。おそらく家族か誰かが家で待っているのだろうと、そう思っていた。

「心筋梗塞らしいんですよ。ええ、ご遺体は娘さん夫婦が引き取って行ったんですって。こっちでは式も何もやらないらしくって、大家さんが自腹でお経だけでも上げてもらうっていうから、さっきお花届けてきたところ。娘さん、お金は出すから、部屋のものはそっちで処分してくれって言ったそうなの」

「そうだったんですか。じゃあ特に祭壇とかもないんですね」

「ほかのお部屋もありますしね。もう業者がはいってるんじゃないかしら」

「いま、なにかお花残ってますか」

「そう、菊も百合も出払っちゃってねえ、水仙なら」

普段は匂いがきついので店では買わないのだが、一抱え持って帰った。ちょうどいい花瓶が無く、ワインクーラーに使っている手桶に挿し、カウンターの山本の定席に置いた。一日に二度も水仙を供えるなんて、はじめてだ。もう、あの山本の蘊蓄が聞けないのかと、時折面倒に思った自分が、ゆるせなかったりする。

寒かった。しばらく留守にしていると、家というものは冷え込んでしまうものだ。この冬は使わずに済むかと思っていたファンヒーターを、倉庫から出してきて点けた。湯葉の炊き合わせに使う出汁を取り、芹の和え物をつくった。あとはおでんを仕込み始める。今日は営業するとはどこにも知らせていないから、一人の客も来ないということもあり得た。それでも三日間休んだリハビリとして、ゆっくり営業しようという気でいたところ、看板の灯りもつけていないうちに、ドアが開いた。

「あっと、まだですか？」

まだ学生だろうか。見たことのある顔だ。大丈夫ですけど、少し待ってくださいと言って、中へ通す。しょうがないので、開店態勢にしてしまった。

「お一人ですか」

「はい。きょうは」

しばらくしてからようやく記憶がつながってきた。生ビールと一緒にお通しの黒豆を出しながら、言ってみる。

「クリスマスにいらっしゃいましたっけ」

「ええ、この前はすみませんでした」

彼は頭を下げた。やはり、あの夜にいた学生の一人だ。しかし、それ以前にも、確か店に来たことがある。

「あの先輩、酔うとからむんです。なんか、ご迷惑かけて」

「いいえ、こちらこそ」

おかげさまでいい機会にもなりましたよ、祥子は、心の中でそう続けた。

「きょうは、お願いしたいことがあって来ました」

ビールを一口飲んで、彼は姿勢をただす。そうされると祥子も構えてしまい、「なんでしょう」と改まった。もしかして、山本教授と何か関係があるのだろうか。

「あの、こちらに時々、作家の藤木直さんがいらっしゃいますよね」

一瞬、どう答えようかと考えた後、やっと、ああ、あのとき、砂絵と一緒に来た彼氏だと思い出した。しかし、あの後砂絵が一人でここに来たと、この青年に言っていいかどうかはわからない。

「まあ、たまに見えますけど、不定期ですから」

そんなふうに答えてみる。彼はちょっとがっかりしたというふうだったが、また尋ねた。

「実は、サインをいただきたいんです。それで、もし、来月末くらいまでに間に合えば嬉しいんですけど」

「うーん、それはわかりませんねえ。なんせ忙しい人だから」

そう祥子が口を濁すと、彼は意気消沈したようだった。だが、松原の息子のことで藤木が近いうちにコンタクトして来るであろうことは、祥子にはわかっているのだった。何事も自分の都合のいいように運ぼうと考えられる若さに、自分は意地悪しているだけだ。祥子は少し反省した。

「でも、もし、いつでもいいというなら、預かっておいてもいいですよ。ただ、約束はできないけれど」

「ほんとですか？」

急に明るい笑顔になり、そうして、藤木の単行本を鞄から出してきた。どこで見つけたか、数年前、限定で出た愛蔵版だ。古書のようだが、きちんと綺麗な包装紙でカバーしてある。取りだしたレポート用紙に、ボールペンで「河上砂絵」と書き、本と一緒に祥子に渡した。

「彼女の誕生日が来月なんです。できればプレゼントにしようと思って」

「そうですか。わかりました。一応お預かりして、また近くなったら、様子見にきてください」

「ありがとうございます！」

「あなたのお名前いただいてよろしいですか？」

「寺井といいます。寺井耕二」

祥子は、ちょっと感心していた。はじめの時もこの前も、彼は状況についていけずにおたおたしていたような印象しかなかったけれども、自分の彼女の誕生祝いに、彼女の贔屓の作家のサインを（しかも男性の作家のサインを）もらってやろうとする青年は、少なくとも自分の世代には居なかった。いや、祥子が会わなかっただけで、そういう資質をもった男はいたのだろうか。

「彼女思いなのね」

そう祥子が言うと、彼は顔を曇らせた。

「どうかな、なにが彼女のためなんだか。単にぼくの自己満足じゃないかって考えたりもするんです」

言って、寺井は、喋りすぎた、といったような表情をした。

まあ、確かにそういうものだ。そうやって模索していくしかないんだがね。そんなふうに考えながら、「おなかはすいてませんか」祥子は訊いた。

寺井が、いいえ、と首を振ったとき、カウベルの音が大きく響いて扉が開いた。

「祥子さん、私もう駄目！」

ナナが顔を涙でくしゃくしゃにして、入ってきた。


カルヴァドスのストレートをすぐに呷ってしまったナナが心配で、祥子はホットワインをつくりながら、話を聞いている。ずうっと問わず語りで、時々涙ぐんではハンカチでそれを拭く。そのたびに目の化粧がぼやけて広がり、あどけない人形のようになっていく。

「なあんにも雅史は言わないし、これまでだってそうだったのよ。でも、年末年始、ずっとふさぎこんでて、初詣も気が進まないっていうから、なにか不安は不安だった。そしたら、もうあとはCDを焼いてパッケージングするだけなのに、やっぱりいやだ、もしこのまま小西さんの写真で進めるなら、自分は無理だって」

寺井耕二が気にして、そろそろ僕は、と言うと、ナナは急に彼を見て「立たないで！」と声を張り上げた。ヴォーカリストの声量に、彼はまた座り込まざるを得ない。祥子は大丈夫だという視線をおくったが、寺井は頷きながらも諦めたようだ。生ビールをサービスと言って前に置き、ナナの話にまた耳を傾けた。

「そう言って夜中に出て行って、一週間なの。携帯も通じないし、誰のところにも居ないし、もう、どうしていいかわからなくて」

やっと聞き手を見つけたというふうに、ナナは話し続け、泣き続けた。いまそんなに泣くのだったら、はじめからその小西というカメラマンとつきあわなければよかったのだ、とは、祥子は思わなかった。それはそれでナナらしかった。いつも嘘をつけずに誰かを好きになり、嘘をつききれずに終わる。雅史もそれはわかっていたのではなかったのか。それに彼は祥子に、自分の中にナナが居るのだから淋しくないと、あれだけきっぱり言ったではないか。それなのに、出て行った。CDも未完成のままで。

「小西さんの風景写真を使うって決まったとき、雅史は笑ってた。でも、今思えば、貼り付いたようなって言うか、もう、しょうがないんだなっていうような、笑いだったのね。私が、バカだった。はじめっからあんなこと、言い出すべきじゃなかったんだ」

その日の夕方に、雅史が契約しているクラブに電話してみたが、いなかった。レコーディングが忙しいので、年明けからは少し休む、と雅史は言っていたらしい。荷物は殆ど持たずに出て行ったから、もしかしたらすぐに戻ってくるんではないかとナナは期待したのだけれども、帰っては来ず、電話もなかった。とにかく各所に連絡し、作業だけは中断してもらったが、このあとどうすればいいのか、今は何も手につかないとナナは言った。

黙ってビールを飲んでいた寺井耕二が、やおら口を開いた。

「でも、どうしてその雅史さんって人が大事なのに、他の人とそうなっちゃったんですか」

ナナはしばらく、ぼうっと寺井を見て、それから言った。

「ほんとうよねえ、小西さんとはなあんにも、楽しい恋でもなんでもなかった。私の知らないことを知っているから、尊敬して、いろんな話をしたくて、いっぱい話したくて、でも、ほんとうはそれだけだった。それまでだってそうだったのね。恋はしたかったけど、恋人を増やしたかった訳じゃない。ましてや大人の情事なんか求めてない。面倒なことは厭だったし、雅史の悲しむところなんか見たくなかったのに」

そして、もう一度寺井に頷いた。

「ほんとうよねえ」

それきりナナが黙ってしまったので、祥子は有線のスイッチを入れた。今日はスタンダードナンバーではなく、イージーリスニングにする。

「ねえ、祥子さん」

「うん？」

「いつもありがとう」

昨日眠っていないのだろう。やがてナナはうとうとし始める。これまでいくら酔っていても、ナナが人前で眠ってしまうようなことはなかった。カウンターの端っこの寺井は、困ったようにビールを飲んでいる。

ゆっくりドアが開き、岡田が入ってきた。

「なに、今日やってるの？」

「ややこしくて、すみません。きょうからまたいつも通りです」

「そうか。いや、寒いねえ。なんだよ、えらい不景気じゃない」

彼は店内を見渡すと、寺井のほうにちょっと会釈してから、小上がりのほうに腰掛けた。ヒーターで手を温めながら、カウンターの花に目をやる。

「ああ、聞いたんだ」

「ええ、お花屋さんから」

そうか、と岡田は小さく息を吐いた。

「大家から、山本先生の部屋のオーディオを整理してくれって頼まれちゃってさ。すごい音響設備だったよ」

「そうですか」

「ＨＤの中身を、大学の助手さんと確認したら、研究テーマの記録と別に、昔のホームドラマがいっぱい入っててね。それで助手さんがさ、次はいったい、これで何を研究なさるつもりだったんでしょうかって言うんだよなあ」

祥子に向かってそう話す。寺井が驚いたように尋ねた。

「あの、すいません、それって、民俗学の山本教授のことですか」

「そうだよ、ああ、あなた、学生さん？」

寺井は頷く。

「そう。たぶん明日くらい、新聞に訃報が載るんじゃねえか？」

そう言って、岡田は祥子が持って行ったビールを受け取った。寺井が、首を振って呟いた。

「いったい、何を研究されようとしてたんでしょうか」

唇を湿していた岡田は、ちらと祥子と目を合わせると、静かに言った。

「さあ、なんだろうねえ」

天井から下げたガラスのランプが、黄色い光を落としていた。薬罐の湯が沸いて、しゅんしゅん音を立てている。水仙が一瞬、高く匂った。


店の入口の敷石の工事は、思ったより早くすすみ、午前中で終わった。余った時間で祥子は、溜まった手紙やメールの返事を書いた。年始に甘利が古いノートパソコンをくれたので、家のほうではなく店の中でキーをたたける。動画を見るにはいささか厳しいが、メニューを考えたりメールを書いたりするには不自由なかった。備品や食材などを、在庫を確認してすぐに注文できるのは助かる。ついでに、あらためて甘利にお礼メールも送っておく。

普段は午後に店に出て掃除するのだが、早々とすませてしまった。大壺に残していた大王松もさすがにくたびれてきていたから、花屋に電話して、いい枝ものがあれば取っておいてくれるよう頼んだ。

なますなどを仕込みながら、たまには、都心まで珍しい食品でも見に行こうかなどと考えていたら、携帯電話が鳴った。

「祥ちゃん？　藤木です」

遅い昼飯を一緒にどうかと言われ、飯田橋で待ち合わせた。坂を少し上ったところにフランス語学校があり、その敷地内にブラッスリーがある。平屋の窓からは芝生の綺麗な庭がのぞめ、一月の光が眩しいくらいだった。

「何回か、ここのホールに映画見に来たけど、食事するのははじめて」

「ロメールの特集とかで来たよなあ。いや、この前知り合いのライヴがここであって、思い出したんだ。テリーヌが旨いよ」

メインを藤木は豚のロースト、祥子は真鯛のポワレにする。二人とも仕事が控えていたので、ミネラルウォーターで我慢した。

「実はこの前、店の前まで行ったんだ」

「そうなの？　電話くれればよかったのに。ごめんなさい」

「うん。まあ、かえっていなくてよかったかな」藤木は首を少し傾げて言った。「でも、臨時休業って、なにかトラブルでも？」

「ああ、日本酒の酒蔵に行ってたの。ちょっとおいしい蔵元見つけたんで」

「そうか、頑張ってるんだな」

「そっちはどう。台湾に行ってたって？」

「ああ、排灣族《パイワン》っていう原住民を訪ねて、話聞いた。また旧正月に屏東《へいとう》に行かないと」

近況を喋りながら、どうもぎこちなかった。考えて見れば、祥子の店以外で藤木と二人で食事するなんて、しかも酒抜きでいるなんて、ほとんどない。

「何笑ってる？」

「ううん、藤木君と酒飲まないでいると、妙に緊張するもんだなあと思って」

「馬鹿野郎」

藤木は苦笑して、パンをちぎる。

「そうだ、月末までにってサインを頼まれてたんだ。持ってくればよかった」

「いいよ。近々また寄るよ」

「悪いなあ」

「それよりさ、別にあらたまって言う話じゃないけど」

「うん」

メインが来た。藤木の皿のりんごのソースがいい香りだ。真鯛の皮が光っている。

「松原さんの息子の件、祥ちゃんはどうしたい？」

レモンバターがちょうどいい塩加減で、焼け具合もよかった。ソースを魚の上に広げながら、祥子は訊く。

「いくつだっけ、その」

「アキラ」

「アキラ君、そういう名前だったっけか」

「去年大学入ったと言ったから、十八、いや、浪人してたかな。そんなもんだ。なんか、音楽やっているとか言ってたよ」

あのときずっと黙っていた男の子が、いまはもう大学生になるのだ。恋人のために、酒場に頼み事をしにきた寺井耕二と同じくらいの年齢。

「会って、どうするのかな」

「それは俺にもわからないさ。でも、あんまり考え込んでもしょうがないぜ」

「うん」

「もう、そろそろ巣ごもりを、やめてもいいと思うけど」

窓外に、白人の母親がベビーカーを押しているのが見えた。少し先を小さな男の子が芝生に足をとられながらよちよち歩いている。

「巣ごもり、か。不倫の巣ごもり？」

藤木が眉を顰める。

「ごめん。昔、奥さんに言われたんだ。不倫で巣をつくってもしょうがないだろうって」

祥子が笑って見せると、藤木は溜息をついた。

「まだ、駄目か」

「ううん、そういうことじゃないと思う。ただ、ちょっと怖いのかな」

「息子に会うのが？」

「あの家族と関わるのが」

「あのさあ」

フォークとナイフを置いて、藤木が言う。

「早く自由になれよ。もう立派な飲み屋のママなんだしさ、いたいけな祥子でいるのはやめろよ」

祥子が手を止めて藤木を見つめると、彼は目を伏せた。

ウェイターが皿を下げに来た。祥子はデザートを断り、藤木はタルトタタンを取った。

「そういうもの、食べるようになったんだ」

「女房の影響かな。太ったって言いたいんだろう」

「まあ、そういう年齢なんでしょ。他人事じゃないけど」

エスプレッソをすすって、祥子は考える。いいかげん藤木に世話をかけすぎているように思えて、言った。

「ごめんね。そんなにこだわりがあるわけじゃないんだ。ただ、あんまり、場所設けてとか、あらたまって会ったりっていうのは違うような気がして」

「じゃあ、店にするかい？　営業中はあれだろうけど、開店のちょっと前に寄るとかさ。いつがいい」

藤木がほっとしたように微笑して、スマートフォンを出す。祥子は首を傾げる。なんだかその時間を待ち受けるのは厭だった。怖いものには、その場で対処するのがいいのだ。

「悪いけど、いきなり来てもらったほうがいいや。その時間にいなくて迷惑かけるかもしれないけど。無理かな」

意外だというふうに藤木が祥子を見た。

「それだと、俺は同行できないかもしれないけど、一人で大丈夫か」

「大丈夫だよ」

言い切ってから、祥子は付け加えた。

「大丈夫。良さんが来るわけじゃないもの」

なぜ、あんなふうに藤木に言ったのだろう。急に亡霊が飛び出してきたようだった。こだわっていないといいながら、やはり自分は抜け切れてないのか。帰ってきた祥子は店の準備にかかりながら、あれこれと考える。

「お前はどこか、いたいけなところがあるよな」

松原のせりふ。なぜかそう言われたのが嬉しくて、いつもより余計にきびきび動こうとした。もう、ずうっと前のことだ。

かれは藤木に、祥子のことをどんなふうに語っていたのか。考えてみれば、それを藤木本人に尋ねたことはなかった。一緒に仕事をしていた時にも松原と多少関わり合いがあったのは事実だけれども、アパートにかれが居着くようになったころには、祥子はもう映像と関係ない仕事についていていたし、藤木に相談をもちかけたことはない。

東京に戻って数年後、久々に藤木から連絡があり、松原がもう永くないと聞いた。そのときも、そして、亡くなったと聞いたときも、自分は「そう、知らせてくれてありがとう」そんなことしか言わなかったように思う。

だが、今わからないのは、松原アキラのことだった。なぜ祥子に会いたいのか、そもそもなぜ祥子のことを知っているのか。

考えてもしょうがない。やることは、いろいろあった。今日が敷石も直って、今年の本格的な開店ともいえるし、少し気張って、小鯛の笹漬けやらブリ大根やら小田巻蒸しなどを用意していた。ドリンクメニューも新しく和紙に墨で書いてみた。そんなことをしていると、気が紛れた。

「おはようございますー」

メッセンジャーズバッグをかけた高山が、ドアを開けた。

「おはよう」

元気いっぱいの彼にのまれて、祥子はちょっとひき気味に応じる。

「もっと大阪でゆっくりしててもよかったのに」

「いや、いつまた無理いうかわかりませんし。ありがとうございます」

言って、普段と同じように奥に荷物を置きに行く。なんだかこの前駅で高山と別れてから、ずいぶん時間が経っているように思え、なつかしいものを見る感じがした。

「さて、報告会やらなきゃね」

祥子は蔵元について、既にメールでけっこうな長文を高山に送っていたが、持ち帰った四合瓶二本を冷蔵庫から出して、二人で味見をした。どちらもそれぞれ特別な味で確かに旨い、と高山も同意してくれた。『秋笛』の名の由来を聞くと、彼は真面目な顔をして言った。

「男っちゅうのは哀しいですねえ」

その実感のこもった口調は、ひどく印象的だった。下手すれば親子でもあり得るほど歳が離れている高山を、これまで異性として意識したことはないが、この青年は今までどういう恋愛をしてきたのだろう、と、祥子ははじめてそんなことを思った。

山本の話をすると、高山はけっこうショックを受けたようだ。

「だって、これから思うぞんぶんフィールドワーク行けるって、言うてはったのに。まだ七十代ですよね」

「岡田さんも、一緒に旅行行きましょうって約束してたのにって」

「なんやろなあ。大学教授までいきはった人がなあ」

高山は首を振った。

ナナについては、今は黙っていることにした。彼女はあの日、目を覚ますと案外しっかりとしていたが、それでも、今晩は家に帰らない、どこかホテルに泊まる、と話して出て行った。

翌朝、大丈夫だというメールを一本くれたが、雅史はあのまま帰らないのか、製作の途中だというCDはどうなっているのか。後でまた連絡してみるつもりだった。

戸をたたく音がして、女の子が覗いた。

「すみません。田中花店です」

抱えた紙包みから枝が出ている。花屋の娘さんだった。

「はあい」

祥子が厨房から出てドアを大きくあけると、彼女は無造作に包みを差し出した。

「さざんかの、雪山という種類だそうです」

教わったとおりというふうに言う。部活から帰ってすぐに出てきたという感じだ。

「わざわざすみません。いま伺おうと思ってたんですよ」

「それが、店、閉めちゃうんで、お届けしてって母が」

「そうですか、ごめんなさいね、寒いのに」

首を振る。納品書を受け取って金を払っていると、奥から高山が労った。

「お手伝いしてるんだ、えらいね」

すると、黙って大きな財布をしまっていた彼女の表情がみるみるうちに崩れた。どうしたのかと二人が見ていると、小さな声で「事故にあって」と言う。

「事故？　え？　いつ、どこで？」

祥子が尋ねるが、彼女はことばがつまって話せない。高山が、ゆっくり、というような仕草をする。座らせて少しずつ聞き出すと、今日の午後、花屋の女主人が店を出たところ、ひどい速度で走ってきた自転車にぶつけられたのだという。幸い脚の骨にひびは入ったものの全治一ヶ月とのことで、もう手続きもすんで、近くの病院に入ったらしい。

「お父さん、今日は遅くなるし、弟も塾で、おじいちゃんは黙って座ってるだけだし」

しゃくりあげながらそんなことを話す。病院に居た間は、母親にいろんな用事を頼まれて気が張っていたのが、急に心細くなったのだろう。高山がミルクティーをいれたのを飲ませると、だんだん落ち着いてきたようだった。

「えらかったね」

大阪弁の、大変だったねという意味と、偉いという両方の意味をたぶんこめて、高山がそう言った。そうこうしているうちに、開店時間が近くなり、祥子は慌ててさざんかを壺に生けた。娘さんが、さすがに馴れた手つきで、手伝ってくれた。日頃、母親がまったく家の仕事をしないと文句を言っているけれども、なるほど門前の小僧だなあ、と思う。

「看板の灯が消えてるわよー」

賑やかに入ってきたのは、驚いたことに道江伯母だ。いきなりの出現に祥子は驚く。

「どうしたの？」

「どうしたの、じゃない！　いらっしゃいませ、でしょう」

高山がよそゆきの標準語で迎えた。

「いらっしゃいませ。お一人様ですか？」

「いま、二人、あとからもう一人、関川さん。すぐっておっしゃってましたよね、先生」

「そうそう」

後から入ってきたのは岸先生だった。よくわからないまま、今日はカウンターがいいというので、カウンターに並んでもらい、慌てて看板に灯を入れる。

「あなたが高山君か。名前は聞いてたけど、はじめてね。よろしく」

伯母の挨拶に高山が会釈しながら、少し不安げに祥子を見る。

「伯母の樫山道江です」

紹介すると高山は、納得したというような顔をした。

「ボジョレーいただきました。ごちそうさまです」

「そうかあ、キャビアは食べられなかったんだ。先生、彼はオーナーバーテンダーなんですって。あとでカクテルをいただきますよ」

「そうですか」

岸はいつものように、にこにこ笑っている。二人とも、関川が来るまでは、小さなビールにするというので、正月仕様のちょっと贅沢なお通しを一緒に出した。その合間に、タッパーにブリの照り焼きや酢の物などを詰めて、花屋の娘さんに持たせてやった。

「今日はありがとう。こっちは、私の携帯のアドレスと番号だから、何かあったら、遠慮無く連絡して」

祥子がそう言うと、彼女はこくりと頷いて、お辞儀すると出て行った。伯母が、だあれ?というふうに祥子を見るので、経緯を説明した。

「ああ、あの年頃だと、そんなこともあるでしょうね」

「警察まで来たって言うから、緊張したんだと思います」

「祥子ちゃんだって、お母さんが入院しているときは、ずっと気を張り詰めてる感じだったでしょう。あのときの祥子ちゃんの年でもそうなんだもの」

「おばさん、店では齢の話はなし」

「そうね、じゃあ、おばさん、も無しで」

二人は笑った。

「どこか行かれてたんですか？」

高山が岸に尋ねる。今日は絵の道具は持ってきていないようだ。

「中落合のほうに、行ってきました」

岸がそう言うと、伯母が補足した。

「佐伯祐三のね、アトリエがあるの。ちょっとわかりにくいところでしたね、先生」

「ええ。でも、あれはあれで、いいんでしょう」

「整備する前はもっと鬱蒼としていて、昔の面影があったのかも知れませんけど、でも、まあ、建物が残っているだけでも」

「はい。ああいうところに、住んでいたんですね」

関川が来た。

「車、置けました？」伯母が尋ねる。

「あとが面倒なので家まで帰って来たんです。すいません、お待たせして」

関川もはじめはビールというので、みんなと同じようにセッティングした。

「いまでこそ、ああいう住宅地というのか商住地域ですけど、昔はあの絵のように、風通しの良さそうなところだったんでしょうかしら」

伯母が話すと、岸も訥々と語る。

「佐伯の絵は色が暗くて、ついその生活もずっと暗かったみたいに思いがちだけれども、なまじ明るい中落合の絵より、沈んだ色のパリの絵のほうが、複雑で、密度が濃いのですね」

「あの六歳で死んじゃった娘さん、かわいそうですな」

関川が黒豆を一粒食べて呟くと、伯母が咎めるように言った。

「でも、残された奥さんのほうがかわいそうですよ」

「ああ、女性はそうお思いになるかもしれませんね。ただ、僕はなにか、あのおかっぱ頭がいじらしくて」

きりのよさそうなところで、祥子は手書きの日本酒のメニューを見せて、関川に鹿聲酒造の話をした。

「へえ、蔵元に行かれたんですか。うらやましいなあ」

「関川さんのおかげで、いい出会いが出来ました。ありがとうございます」

祥子は、持って帰ってきた生酒を一杯ずつ、高山と自分にも入れ、皆で新年の乾杯をした。

「これは旨い。ママ、高い酒買ってきたたね」

関川が言う。

「この生酒は、きょうだけですよ。普段お店では純米酒にしますからね」

一応釘を刺す。だが、年明けにこの酒があってよかったと思う。

伯母が酒を褒め、花を眺めながら、うっとりと言った。

「白い山茶花も、きれいよねえ」

「雪山というそうですよ。さざんかをこうして生けたのは初めてですけど」

「椿とはまた違う野趣だ」

岸は笑みを浮かべて酒を味わっている。高山が、茶々を入れた。

「あの、さざんかさざんかっていう、たきびの歌。ぼくはあの、落ち葉焚き、っていうのをハタキが落ちてる、と思ってたんですよ」

「そういうのは、ある」

関川がまじめな顔で言う。

「僕も、夕焼け小焼けの赤とんぼ、って、とんぼの視点からの歌で、子供に追われた日をとんぼが回想してると思ってたんだ」

「いや、それは斬新やなあ」

「お里のたより、ってのも、十五で嫁に行ったねえやの名前がお里だと思ってたしね。まあ、ウサギがおいしいどころじゃないですよ」

「そういえば、ジビエの美味しいところを見つけたんです。今度ご一緒しましょう」

伯母が言った。

翌日、祥子はナナが心配で、マンションまで行ってしまった。前日の夜に家と携帯に電話をしたのだが、どちらも応答がなかったのだ。あまりうるさくするのもどうかと思ったが、昔、松原が来なくなった当時の自分を想起すると、やはり気がかりだった。

松原が出て行ったとき、祥子はしばらく茫然とし、衣食にも構わず日を過ごした。それから、あれこれ考えては、自分の全てを消してしまうのがいちばんいいように思え、身辺を整理してみたりもした。そんな祥子を見ていたかのように、いきなり母が入院し、物理的に松原や彼を知るものから離れさせてくれた。ああいうふうに実家にかかりきりにならなかったら、自分はどうなっていたかわからない。

オートロックではないので部屋の前まで行けたが、中に人のいる気配はなかった。考え過ぎとは思いつつ、一階の郵便受けも、さりげなく見てみる。江藤・橋本、という名札のところには、特に郵便物や新聞が溜まっているようには見えない。

「何かご用ですか」

胡散臭そうに、掃除のモップを持った男性が、祥子に尋ねた。通いの管理人らしい。

「あ、こちらの江藤さんのお部屋を訪ねたんですけど、すぐ帰られるかなって」

「いや、どうでしょうねえ」

じっと祥子を見てから、少し警戒を解いたように言葉を続ける。

「でも、今朝早く出かけられたように思ったけどなあ。いや、見間違いかも知れませんが」

「今朝早く」

「通勤時刻で、何人も住人の方々がいたから、確かではないですがね」

礼を言って、マンションを出た。まあ、一応元気で生活してはいるようで、少し安心する。あとは彼女からの連絡を待つしかない。祥子は、町を見下ろしながら暮れ始めた坂を下った。

冬至十日経ちゃ阿呆でもわかる。昔よく聞いたことばを思い出したが、いまにも雪が降り出しそうな暗い空を見上げると、とてもそんなふうには思えなかった。

四　白梅

二月も半ばに入るというのに、寒さはまだまだ、と天気予報は言う。

店の土間も底冷えがするので、安い膝掛けを買ってきた。メニューも小鍋や煮物に重点を置きつつ、最近野菜が値上がりしているので、旬の貝類などで見た目を豪華にする。例年この季節は学生より年配の客の割合が多くなり、量より質や季節感を重視されるので、それなりの工夫が要った。

年配といえば、このごろ道江伯母と関川、岸先生の三人は十日に一回くらいのペースで、やって来る。ワカサギ釣りに行ったり陶工を訪ねたり、伯母か関川のどちらかが決めたコースで岸を連れ出すというパターンになっているようで、その帰りに祥子のところに寄るということらしい。そのたびに魚や、店では扱いかねる上等の片口などを土産にしてくれる。「あなたみたいな娘さんは」と岸に言われ、かしこまるのも楽しかった。

「その点、僕なんか小僧ですわ」

高山が胸を張って言う。

「別に威張らんでもええやないの」

「ええ感じですよね、あのお三方は。長年連れ添うたご夫婦とそのお父さん、みたいな成熟した家族、の雰囲気がします」

「成熟した家族、ねえ」

確かに伯母と関川はふたりとも古稀くらいの年齢で、まったく客観的に見れば、おのおの勝手にやっている夫婦、という感じもしないこともない。

「まあ、マイペースにバツイチやってる人やからなあ、伯母は」

「そうなんですか。でも、話してるとなんや明るうなる方ですよね」

その伯母が、いろいろ話もあるし、一度ゆっくり食事でもしようと言う。彼女の口癖なのだが、最近はしょっちゅう顔もあわせているのに、何をあらためて話すことがあるのかと放ってあった。まあ、また店に来たときにでも、少し離れたテーブルで話してみようかとも思う。

「いらっしゃいませー」

珍しく若い客だと思ったら、砂絵だった。

「いらっしゃいませ」

「こんばんは」

「お一人ですか」

祥子が尋ねると、憮然とした表情で「はい」と答える。カウンターの、入口に近い椅子に座ろうとするので、もっと内側に誘導した。

「よかったら膝掛け使ってくださいね。とにかく寒いから」

砂絵は頷いて、座席のフリースの膝掛けを手に取った。

「三枚千円の安物だけど、無いよりはましだと思うの」

言わなくていいことを祥子は口に出す。昔、つきあっていた男性の母親に会ったとき、着ていた服を褒められ、実はこれ、安かったんですよ、と自慢して失敗した。実家のほうでは、買い物上手だと言ってくれてありがとう、という意味なのだが、せっかく褒めたのに安物だなんて、というふうに取られたらしい。それでもやはり、この習慣は変わらない。

「きょうはお客さんが少ないんですね」

言いにくいことを、砂絵は口に出す。

「いやあ、今に行列が出来るから、まあ見ててみ」

高山が気取ってそう言ってみせると、彼女は露骨に、面白くないという表情をした。

「おにいさん、この前、いなかったでしょう」

「はじめまして。週に一、二回入ってる高山です」

「ふうん」

「お飲み物、どうされます？」

祥子が尋ねると、砂絵は酢橘《すだち》サワーを頼んだ。いつも切らせたことがないのに、あいにく今日は酢橘がない。そう言うと砂絵は、「なんか、きょうは、全然ついてないって感じ」と渋い顔をして呟いた。

「柑橘系がよかったら、カクテルでもつくりましょうか」

高山が声をかける。

「カクテルつくれるの？」

砂絵が興味をそそられたように訊く。高山は、どういう酒が好きか、どんな味が好みか尋ねながら、棚から瓶を取り上げて計り入れる。シェイカーを振る間、砂絵は魅入られたようにその動きを見つめていた。丸みを帯びたカクテルグラスに、ほんの少し緑がかった白い液体が注がれると、砂絵は嬉しそうに笑った。

「きれい」

シェイカーをあげて、グラスを押し出す。そっと砂絵がそれを口に運ぶ。彼女の赤い唇に、雪の下に若竹があるような色が、とても似合う。

「おいしい」

「口当たりはいいけど、ちょっと強いです。なんか、お酒飲みたい気分だったんですか？」

「うーん、バイト先で、いろんなことがあって」

「ふうん。なに、バイトって飲食関係？」

高山がうまく彼女の気持ちをほぐしてくれている。何が合うか考えたが、結局牡蠣の燻製にさらし玉葱をのせたものを、小さなガラスの鉢で出しておいた。
ショートメールが来た。知らない番号だ。

今からお母さんが電話してもいいですか？　花屋です

そのあとに花のマークが踊っている。田中花店の中学生の女の子からだった。あの後寄ってみると、シャッターが閉まっているときもあり、彼女か小学生の弟が店番しているときもあった。二、三度差し入れをしたりしたが、商店会のほかの人々やＰＴＡのお母さん同士できちんとネットワークをつくっているのを知って、それ以後は遠慮した。それでも、たまに学校帰りの彼女と顔を合わせると、祥子に笑いかけてくれるようになった。

大丈夫ですよ。こっちからかけてよければお電話しますが。

そう返事したら、間もなくかかってきた。からからといつもの朗らかな花店の女主人の声がした。
「いろいろ気を遣ってもらって、すみませんねえ」
「いいえ、なんにも出来なくて。いま、病院なんですか？」

「ほんとはいけないいんだけれども、隣のベッドの人が今いないいんでかけました。一言お礼言っとこうと思って」

「とんでもないです」

「あと二週間は動くなって言われてたんですけど、もう厭になっちゃいますよ」

そのあと急に声が小さくなった。どうも看護師に何か言われたようだ。

「怒られちゃった。とにかくありがとございました。また娘からもあらためてご挨拶させますんで」

「お気になさらず、お大事に」

「ありがとうございます。じゃあまた」

切れた。治る外傷だと、入院も明るい。中学生の頃、盲腸で入院したクラスメートを何人かでお見舞いに行き、大騒ぎして他の患者や看護婦に叱られたことがあった。十年後くらいに同窓会で会ったとき、手術したクラスメートは、「あのときは楽しかったね」と言ったものだ。

あの様子なら安心だろう。祥子はカウンターの会話に注意を戻した。

「訪問介護は、私は経験がないいんですけど、介護度で負担額も変わってくるし、その認定によって変わるんで」

「実際問題、そのときになってみないとわからないってことですね」

「認定に不満があるときの再認定の申請とかあるくらいで、まあ、普通でも病院に来ると血圧が上がるとかあるらしいですけど、知らない人の前では、しゃきっとできてしまう高齢者もいて」

「うちの父親なんか絶対そうですねえ。ええかっこしいやし」

何の話？　と会話に入ってみる。砂絵は、将来社会福祉士の資格を取ろうと頑張っているらしく、介護付き有料老人ホームでアルバイトしているのだと、あっけらかんと話した。

「週二回入ってるんですけど、毎回叱られてばっかりで」

「前からそういう仕事されたかったんですか？」

「私、おじいちゃんとおばあちゃんに育てられたんで、いずれは看なきゃいけないなって。でも、そう思ったのは大学入ってからで。はじめから目指してれば、専門校行くほうが早かったのに」

とにかく単位を取って、卒業後はどこかの施設で働き、国家試験を受ける資格をもちたいのだという。

「しっかりしてるやん。ぼくなんかはこの頃ようやく親の老後のことを考え始めたばかりやし」

「でも、だめなんですよ。なんか、わたしは現実的すぎるんですって」

砂絵は悟ったような言い方をする。

「誰か、そんなこと言う奴がいるんだ」

「大学の、男の子たち。彼の友達とかも」

寺井耕二のことを思い浮かべていると、ドアが開いた。

「寒いね、今日は」

藤木だった。


カウンターの、砂絵の横をひとつ空けたところに藤木を座らせ、何を飲むか訊く。

「きょうはＪＴＳブラウンにする。ストレートで」

「食事した？」

「ああ、赤坂で飲んだ。なんだかあの辺も、いまは日本じゃないみたいだね」

高山がショットグラスにバーボンを入れ、水を入れたグラスと一緒に藤木の前に置く。ピスタチオを少し盛って出した。

砂絵を窺うと、黙って藤木の横顔を見つめている。高山がそれに気づいて祥子を見る。祥子は片目をつぶって微笑する。

藤木が酒を味わい、息をついた。

「あのっ」

裏返った声で砂絵が藤木に話しかけた。

「『葡萄の美酒に野鳩の血』の藤木直先生ですよね！」

不意を食らった藤木は、しばらくそのままでいたが、気を取り直して砂絵のほうを見た。

「ええと、まあ、一応そうです」

「あ、すみません。それだけ読んだ訳じゃないんです。『君はシリンゴルに歌う』も、『天空の獅子たち』も拝読しました。というか、藤木先生の本はみんな読んでます。いえ、デビューはじめのほうの短編は読んでないですけど」

少し態勢を立て直した藤木は、「そうですか」と苦笑する。

「でも、『野鳩の血』はものすごく感動して、サタリが砂漠にナイフを突き立てるところとか、何回も読み返しました」

何か言わなくては、と思ったのか、藤木は「いや、あれは調査不足なところがまだまだあって」などと口ごもる。

「ごめんなさい、こちら、砂絵さん。時々うちに見える学生さん」

祥子が紹介すると、砂絵はぺこりと頭を下げた。そして、いきなりバッグから小さい辞書ほどの包みを取りだし、藤木に差し出した。

「えぇっと？」藤木が戸惑う。

「ヴァレンタインデーです。甘いもの、お嫌いですか？」

答えようとした藤木が、ちらっと祥子を見た。なんだかおかしくて祥子が笑みを浮かべると、顔をしかめる。

「いや、嫌いというわけではないですが」

「よかったらどうぞ」

深くお辞儀して包みを押し出す。藤木はしょうがなく礼を言って受け取る。包装紙から見れば、けっこういいチョコレートのようだ。

「そうか、今日はヴァレンタインデーか」

高山が呟くと、砂絵は急に、藤木以外の人間の存在を思い出したらしい。誰に言うともなく、「ごめんなさい。いきなり」と謝った。

「じゃあ、お返しっていうとなんですが」

藤木が鞄から文庫本を出した。

「前に出た本が今度文庫になったから。解説を大先生が書いてくれて、ちょっと嬉しいんだ。これ、差し上げましょう」

砂絵が茫然としているところに、藤木は彼女の名前を尋ねて扉に署名した。祥子はその様子を、まずいなあと思いながら見ていた。棚の一角に袋に入れて置いてある、寺井に預かった藤木の著書。この成り行きの後では、プレゼントも魅力半減だ。

「ありがとうございます。大切にします」

「中も少し手を入れたんで、もし前のをお持ちだったら、比べてみてください」

そう藤木は言って、祥子のほうを見た。

「なんか、祥ちゃんとこにもサインするのがあるって言ってなかったっけ」

「あ、えっと、あれね。いま、ここになくて、あとで持ってくる」

うろたえて祥子は言うが、藤木は容赦ない。

「家にあるんだったら今持ってくれば。高山君もいるんだしさ」

「そうですよ。祥子さん、行ってきてください」

砂絵のほうを気にする。彼女は文庫の頁を繰っている。

「うーんと、じゃあ、あっちで墨でお願いできる？」

小上がりのほうに硯と、本の入った袋を持って、藤木を促す。不思議そうに藤木がついてくる。

「印も持ってくればよかったかな。でも、知ってると思うけど、俺は下手だよ」

墨をすりながら、藤木は笑う。祥子はカウンターのほうを気にしながら、砂絵の名前が書かれたメモ用紙と単行本を机に出した。藤木がいぶかしげに祥子を見る。何も言うなと祥子が目で制す。

ちょうどその時、砂絵の携帯が鳴った。ちょっと頭を下げて、彼女はディスプレイを見ながら、店の外に出ていく。祥子は息を吐いて言った。

「ごめんね、ちょっと入り組んだ事情で」

「そのようだね」

署名をしてもらったあと、祥子が簡単に寺井と砂絵の話をすると、藤木は面白そうに聞いていた。

「俺のサインがそういうふうに使われるんだ。へぇえ。あ、じゃあ、ちょっと」

本を戻して、書き加える。


誕生日おめでとう。貴女の活躍を、これを渡した彼も応援しているはずです。


「やるじゃん」

「まあね」

砂絵が外から戻ってきた。祥子は慌てて、本を仕舞う。藤木が、そろそろ失礼するよ、と勘定を促した。

ひとしきり、砂絵と挨拶を済ませた藤木を祥子は見送りに出た。外は冷え込んでいる。

「今日はばたばたして、ごめんなさい」

「いや」

吐く息が白い。藤木はちょっと黙っていたが、悪戯っぽく笑った。

「たぶんこれが正解だと思うんだけどな」

「なあに？」

「自信はあるから、当たってたら正直に言えよ」

「なんなの？」

「ロングスプリングの由来。たいしたことじゃないって祥ちゃんは言ってたが」

「うん、そうだけど」

「長春だろう」

「はい？」

「満洲映画協会があった長春。旧名新京。そら、昔よく松原さんと三人で、各国の撮影所巡りしようとか言ってただろ。で、長い春でロングスプリング」

祥子はあっけにとられ、目を丸くして藤木を見る。

「びっくりした。全然そんなこと考えてなかった」

「違うのか？」

当てが外れたというふうに、藤木は顔をしかめた。

「全く。藤木くんの小説じゃないんだから、頑張って謎解きするほどのことじゃないってば」

祥子は思わず笑った。

「そうか、違うのか」

悔しそうに彼は言い、しばらく首をひねっていたが、やがて匙をなげたというふうに苦笑いをうかべた。

「まあしかし、ああやって若い奴の面倒もみるんだな。ちょっと安心したよ」

「そう？」

「この前の件、彼に伝えておいた。開店の前にとは念を押しておいたけど」

「ありがとう」

藤木は肩をすくめる。それから真面目な表情をして、言った。

「早くロングウィンターから抜けろよな」

祥子は曖昧に笑う。藤木はそんな彼女を見つめていたが、首を振った。

「なに」

「なんでもないさ。また」

「ありがとございました。あ、いってらっしゃい」


空気が乾いて澄んでいた。いつになく月や星がよく見える。藤木は、半月より少し膨らんだ月を眺めて、自分のようだなとふと思った。仕事も腹も充実した中年。それでも、勘違いすることはまだまだあるということだ。

夏に行くことが決まった中国東北の取材旅行。もし藤木の推測が当たりだったたなら、祥子に現地で合流しないかと誘うつもりだった。店名にするほどこだわっている場所に行き、祥子を解放してやろうと、藤木は気負っていたのだ。だが、それはまったくの思いちがいだったらしい。

もういいってことですかね、松原さん。あとは、あなたの息子が幕引きしてくれるってことですか。

二月の夜の闇から、答えは返ってこない。

わかってますよ。お前こそ、いつまでも保護者面をするんじゃない、そう言いたいんでしょう。

決して生前、松原を全面肯定していたわけではない。彼のごまかしには藤木もずいぶん泣かされた。しかし、いま松原のことを思い出すと、あの時間が愛おしく感じられもする。そこにいた、未熟な自分さえ。

未練がましいのは、俺のほうかもしれんな。

冷気が厚手のコートを通して染みこんできた。マフラーを巻き直す。川沿いの桜の木はまだ素っ気ないが、それでもよく見ると、蕾を出す位置は整え始めているようだった。駅を目指して、藤木は歩みを早めた。


店内では、高山がいつになく熱心に、砂絵に話しかけている。介護のことなど口にしたことは無かったのに、と祥子は考えた。

彼の大阪行きも、自分は就職のことだろうと勘ぐっていたのだが、実は親のことで急に休みをとったのではないかと、今になって思いいたる。祥子の父は一年ほど患ったが、入院するまでは日常生活にさほど支障はなかったため、ほんとうに介護で苦しんだという経験はない。雇っている人間にそういう気を配れなければいけないのに、署名本程度でおたおたしているのでは駄目だなあと思い、また、高山に対しても、すまなく思った。

「タバコが吸いたいなんてわがまま言うおじいさんもいて、そんなの絶対いけないって言っても、何度も、吸っちゃ駄目？　って私に訊いてくるのとか、けっこううざったいですよ」

「でも、そのおじいさんの若い時は、それが普通だったんと違うのかな。ねえ、祥子さん」

昔のことは何でも話題をふられることに、祥子は苦笑しながら答える。

「その方には、タバコ吸うのが数少ない娯楽だったんでしょうね。でも、何度もそう尋ねるのは、別に無理に吸いたいんじゃなくて、砂絵さんに構ってほしいからじゃないかな」

「えー、そうなのかなあ」

「昔は、休憩になったらタバコを吸えるっていうのだけを楽しみに仕事してた人もあったし、一服することで苛立ってた精神がすーっと楽になることもあるみたいだし。実際、母が末期癌で入院してたとき、父は喫煙所にタバコ吸いに行くことで救われてたみたい。まあ、ちょっとその方の思い出話を聞いてあげるのも、いいかもしれませんよ」

少し口を尖らせながら、砂絵は頷いている。

ドアが開いた。

「来なくていいって言ったじゃん！」

砂絵が鋭く言った。戸口で寺井が立ちすくんでいる。

「君が忙しいと思って、じゃあ、今日は無理しないでいいよって言ったんだよ」

「だって、今日はヴァレンタインデーだって、わかってるでしょう。だから都合聞こうと思ってメールしたんじゃない」

「でも、時間決めようとしたら、ことごとく合わないからさ、ほんとは会いたくないのかなあって。仕事で大変なのわかってるから悪いし」

窓側のテーブル席に移ってもらった二人は、えんえんと話を続けている。会話の中身さえ聞かなければ、古風な窓枠の前に二人で向かい合っている若い男女は、なかなか見栄えもよく、いい感じだ。

「ややこしなってきましたねえ」

「まあ、よくある話やけどねえ」

「せやけど、砂絵さん、藤木さんにチョコレートあげてしまいましたでしょ」

「あ」

「別に藤木さんが今日来るって知ってたわけちゃうし、ノリで出したんで」

「もうあげちゃった!」

砂絵が投げつけるように叫んだ。

「もうさっきここで素敵な人にあげちゃったもの。寺井君には何にもないの。別に私からチョコレートもらいたいわけじゃないでしょ！」

立って出ていこうとし、はっと気づいて財布から小額紙幣を何枚か取り出してテーブルに置く。

「いいよ、俺が出す」

「いい！」

そうして、鞄を取ると、砂絵は祥子と高山をちょっと見てから出ていった。カウベルの余韻がしばらく続いた。

祥子と高山は顔を見合わせた。それから、しばらくそれぞれで手を動かしていたが、やがて祥子は思い切って声をかけた。

「寺井さん、そこ寒いから、よかったらこっちへどうぞ」

窓外を見ていた寺井が、おもむろにこちらを向き、少し躊躇ってからカウンターへやってきた。

「すいません。騒がしくて」

あまりに意気消沈していて、話しかけられない。

「お燗、もらえますか。熱燗で」

「はい」

煮物を少し盛って、寺井の前に置き、祥子は燗をつけ始めた。

「あの、さっき彼女ここでって」

妙に誤解させるのもよくないだろうと、経緯を説明した。祥子が危惧していたとおり、ますます彼は落ち込む。

「俺ってなんでこう後手後手なんだろう」

「でも、こちらに署名もらっておきましたから、お渡ししておきますね。お誕生日にまたあらためてお話すればいいんじゃないですか」

「もう会ってくれないんじゃないかなあ」

杯を口に運びながら、寺井は呟く。何か言ってやろうとすると、高山が、放っておけというような仕草をした。

ドアが開いたかと思うと、甘利がニコニコ笑いながら入ってきた。

「きっと祥子さんとこなら義理チョコかなにかもらえると思ってー」

「ないよ！」祥子が言った。

寺井と甘利の酔っ払いが妙に意気投合して帰って行くと、もう閉店時間だった。

「なんか、えらい疲れたわあ」

「お疲れさんです。ぼくも疲れました」

食事をしていくように言ったが、早く帰って眠りたいという。

「義理チョコも用意せんと、ごめんね」

祥子が言うと、高山は情けない顔で、もうその話題やめません？　と言った。


ドアの内側のカーテンを閉めて、鍵をかけたとき、ノックする者があった。

「ごめんなさい、もう閉店なんです」

物騒なニュースも多いので、そのまま中から言う。

「祥子さん、僕です。橋本です」

「はしもとさん？」

「橋本雅史です」

驚いてカーテンをひく。雅史がガラスの外で微笑していた。慌てて鍵を開け、中に入れる。

「一人？」

「ええ」

「びっくりした。だって」

「よかったです、間一髪で」

雅史はコートのボタンを外すと、内ポケットから小さな包みを出した。白いマフラーの下から蝶ネクタイが見えた。

「これ、今日中に祥子さんへって。いや、僕からもですが」

「なあに？」

雅史は笑っている。

開けてみた。ＣＤだった。真っ白なパッケージにピンクの筆記体で、*To My Valentine* と刷ってある。

「これって」

「ご心配かけました。もっと早くに伺えばよかったんですが、ぎりぎりまでこれやって、とびまわってたんで」

「じゃあ」

「はい。いま葉山でヴァレンタインライヴやってきたんです。ほんとはナナと一緒に伺おうとしてたんですが、どうしても抜けられなかったんで、僕だけ」

「ナナさん、元気？」

「おかげさまで」

美しいＣＤジャケットと雅史の表情を見ればわかる。ほっとすると、急に文句が出てきた。

「もう！　心配したんだからね」

「祥子さん、マンションまで来てくださったんですって？　ほんとに申し訳ありません。電話やメールじゃなく、私が面と向かって話すの！　って彼女が譲らなかったんです。でも、もっと早く僕からもご連絡すべきでした。すみません」

雅史が深く頭を下げる。腹は立っていたけれど、安心もして、だんだん自分の怒りなどどうでもいいような気になってくる。

「これ、聴かせていただいていい？」

CDデッキに向かおうとすると、雅史は眩しそうな顔をして、言った。

「あの、できれば、後で聴いていただけると、嬉しいです」

祥子が不思議そうに彼を見る。プレイヤーの雅史がそんなことを言うとは珍しい。まあ、無理強いすることはないと思い、片付けていた椅子のひとつを出してすすめた。

「どうぞ、座って」

一瞬ためらったあと、雅史は頷いて腰掛けた。

「何か飲みますか？」

車なので、と言って、彼は視線をそらせて黙る。何かを言い出そうとしながら、とっかかりがない、そんな様子だ。祥子も椅子を出して彼の前に座った。しばらくの沈黙の後、やおら彼はまっすぐ祥子の顔を見た。

「あの、このひと月ほど、祥子さんにはほんとにご心配かけて、僕たちもいろいろ話し合って、その結果がこのCDになったようなものですが、その、ご迷惑をかけた代わりと言ってはなんですが、いちばんはじめにご報告します」

雅史は小さい咳をひとつして、言った。

「僕たちは結婚しました」

ナナの携帯に雅史がつないでくれようとしたが、電波が届かないところにいるようだった。軽く乾杯を、とすすめると、これから横浜に車を走らせて合流するのだという。またあらためて二人で挨拶に来るというので、こちらこそ大々的にお祝いさせてもらうと言って、雅史を帰した。

すぐに上に上がる気にならず、さっき出すつもりだった小さなスパークリングワインを持ってきて開けた。

「おめでとう、ナナさん」

それから思いついて、さっきのCDをかけた。入っていたライナーノーツには、ナナとバンドのこれまでの経歴と、曲の簡単な紹介しか書いていない。店の照明は消して、小さなランプだけにし、ワインと音楽を味わうことにする。

二人はそれぞれの生家に挨拶してから、籍を入れに行ったらしい。ナナの実家は鎌倉のほうと聞いていたが、雅史は対馬の生まれだそうだから、行って帰って来るだけでも大変だったろう。それでも、彼らはそうしなければ、と思ったのだ。

CDは知っているスタンダードナンバーが多かったが、なるべく明るい曲を選んでいるようだった。先入観のせいか、ナナの声もこれまで聴いたCDより落ち着いて、伸びやかな感じがした。最終曲の『All The Things You Are』を歌う彼女の、なんと嬉しげなこと！　それを聴いているうち、祥子の中に、ゆっくりと、心の底から、彼らを祝福したい気持ちがわいてきた。

やがて男性の声でリフレインが来て、最後はデュエットになった。おや、これは、とジャケットをあらためて見ると、曲名の後に小さな字で vocal: Masashi とちゃんと書いてある。そうか、だから雅史は後で聴いてくれと言ったんだ。ピアノのソロが軽やかに踊り始めた。


「祥子さん、なんて言ってた？　え？　聞こえない」

店のBGMがうるさくて、なかなか雅史の声が聞き取れない。ナナはバンドのメンバーに合図してから、地上につづく階段の下まで出てきた。

「もしもし？」

「おめでとうってさ」

「ほんとに？」

「盛大にお祝いしなくちゃねって。車だから乾杯を断ってしまった。今度ふたりで行こう」

「CD渡した？」

「もちろん」

「何か言ってた？」

「いいや」

今更ながら、あれだけ店で泣いて、それからメール以外何の報告もしていないのが心苦しかった。しかし、突然の雅史の帰宅と求婚、鎌倉の実家への挨拶、とんぼ返りの対馬行き、追加録音、パッケージの変更、じっくり祥子に話そうと思っているあとからあとからいっぱいいすることが出てきて、結局日が経ってしまった。部屋に訪ねてくれたことを、つい最近管理人から知り、できたてのほやほやのCDを、どうしても今日中に祥子に届けたかったのだ。

二週間の不在の後、いきなり帰って来た雅史は、こう話した。

「俺は、ナナが自分の音楽をつくっていく邪魔はしたくない。このあとのナナのCDの写真を小西さんがどう撮るとしても、俺は何も言う資格はないと思ってる。もし、俺といることで、ナナが停滞するようなら、いつでも消えようとは前から決めてたしね。ただ、このCDだけは、ナナとみんなで大切につくりたかった。今回だけはどうしても、小西さんを入れて欲しくないと思った。自分でも意外なほど、我慢できなくて、あんなふうに出て行ってしまった。悪かったと思ってる」

それからの数時間、ナナがまた泣きながら、いろんなことを喋ったあと、雅史は彼女の手を自分の手で包むようにして言った。

「一生二人でいたい。でも、それが駄目なら、俺以上のパートナーが現れるまで、二人で居てくれないか」

そうしたい。ナナは瞬間的に思った。二人でいたい。雅史のピアノのあるところで歌っていたい。そうして、自分の親しい人や好きな人たちみんなに、それを聴いてもらいたい。何の隠し事も屈託もなく、私は歌いたいんだ。

小西は、ナナの詫びの電話を受けても、特に何も言わなかった。こちらの担当者から写真は使わなくなったと説明し、細かいことは交渉済みだったが、一応はじめの紹介者として筋を通すべく、ナナは連絡したのだ。

「二人で新年会でもやりましょうか」

ナナの固い声に気づいてか気づかないでか、彼はそんなことを言った。何か遠いところから小西の声が聞こえてくるように思えた。酒を飲んで食事、その後の情事、それらの時間が見えて、そして、消えた。いろいろお世話になりました。どうかお元気で。それだけ言って、ナナは電話を切った。

「これから高速のるよ。空いてるから一時間弱で合流できるんじゃないかな」

電話の向こうで雅史が話している。

「わかった。じゃあ、みんなに話すのは、二人揃ってからでいいね」

「そうするか」

「ハッピーヴァレンタインズデイ」

ナナは言った。

「そこにいろよ《スティ》」

歌うように雅史が言った。

四　白梅

公園の梅は五分咲きくらいで、ここかしこに花の香りがする。二月いっぱいは梅まつりということで、土日には甘酒が振る舞われたり、野点《のだて》の席がもうけられたりするようだが、平日の今日は人出もほどほどだった。

「急に呼び出して、すみませんでしたね」

岸が歩きながら、祥子の顔を見上げて言った。杖は持っているが、歩調がゆっくりなだけで、足もとはしっかりしている。肌のつやもよくて、九十前とは思えない。

「いいえ。前からこの公園に来たかったんですけど、きっかけがなかったんです」

「あすこに座りましょうか」

岸は、丘の中腹の見晴らしのいいベンチを杖で指した。一応持参した膝掛けを敷いて、祥子は岸を座らせ、自分もかけた。

「祥子さんは、どんな花がお好きですか」

岸が尋ねる。

「何でしょう。梅は好きです。特に白梅。それから鉄砲百合とか、水仙。あとは、嫌う人もいますけど、くちなしとか」

花の名前を祥子があげるたび、岸は、ほう、というような顔をして、しばらくうんうんと頷いていたが、やがてちょっと面白そうに、

「白い、香りの強い花がお好きなんですね」

と言った。そう意識したことはなかったが、確かにそうだ。

「祥子はどんな花が好きなんだ」

松原が祥子の部屋に来始めてまだ間もない頃、テレビの、秋の行楽地かなにかの特集を眺めて、そんなことを尋ねたことがある。祥子が白梅が好きだと答えると、

「白梅は、紅梅より遠くまで匂うらしいな」

そう松原は呟くように言った。それまでも時々かれは、一緒に歩いていると、これはいい花だ、とか、これはしつこくてあまりよくないとか、少ない言葉で話すことがあった。一時期、花屋で働いたこともあったらしい。ガーデニングなどで咲き誇っている洋花は、あまり好きではないようだった。

その年が明けた一月の終わり、朝方仕事から帰ってきた松原は、いきなり「出かけよう」と言った。意味がわからず祥子がきょとんとしていると、何をぐずぐずしているんだという表情をしたが、ふっと微笑して「梅を見にいくぞ」と言ったのだった。特急列車に乗って出かけた

梅園で、様々な梅の香りをくらべながら二人で歩いたとき、祥子はほんとうに幸福だった。

あれが、唯一、松原に連れられて遠出した思い出。本当はあれだけでよかったのにと祥子は思う。あとは、祥子の部屋でのままごとが続いて、ある日断ち切られただけでしかない。

「岸先生は、どんな花がお好きですか」

前に絵を見せてもらったとき、枯芝や裸木が美しかったのを、祥子はおぼえていた。たぶん祥子が知らない花の名前が出てくるか、あるいはみんな好きというかどちらかだと思った。

「『いずれもそれぞれ忘れがたく、どれかひとつに決めることは困難……』そう、どれと決めるのは難しいかな。ああ、ごめんなさい。祥子さんは『ローマの休日』などご存じないですね」

「いいえ、知っています。私の母がグレゴリー・ペックを好きでしたので」

「ああ、お母さんが」

岸は微笑む。

「道江さんの、妹さんですね」

「はい、そうです。もうだいぶ前に亡くなりましたけど」

「それはお聞きしました。確か、お父様もそのあとすぐお亡くなりになったとか」

「ええ」

「私など何の役にも立たない者がこうしているのに、まだまだこれからの人々が亡くなってしまうのは、ほんとうに無念です」

静かに岸が言った。そのことばに、祥子ごときはおざなりの言葉をはさむことができない。ただしばらく、枯れた丘陵を眺める岸の横顔を見つめた。

「岸先生は、ご家族は」

なにか口に出したくて、祥子は尋ねたが、岸は漂うような笑みを浮かべ、ゆっくり首を振った。

「梅を見に行きましょう、などと言いましたが」

しばらくの沈黙の後、岸が祥子の方を向いた。

「はい」

「実は、こうしてお誘いしたのは、祥子さんにお願いしたいことが、あったからです」

「そうなんですか？」

岸が頷く。白い髭が早春の午後の光に照らされて、金色に見える。

「祥子さんは、道江さんのいちばん近い縁者だと聞きました」

「ええ、多分そうです。伯母の前の旦那さんを除くとしたら、ですが」

彼の笑みが深くなった。

「ポールさんですか、いや、彼のことは別として、道江さんはあなたとずうっと友達のような関係でいるのだとおっしゃっていました」

「少し違うようですが、おおむねそうです」

「では、お願いしたい。道江さんにこう伝えていただきたいのです。男は、これからどんどん衰えていくだけだ。彼は貴女に迷惑をかけたくはないし、もう伴侶のいない生活のほうが、ずうっと楽だと考えている。貴女の親切には彼もほんとうに感謝している。そう、おっしゃってください」

「そう言えば、伯母にはわかるんでしょうか」

岸は深く頷く。

「わかるはずですよ」

薄茶色の眼がじっと祥子の眼をのぞきこんだ。ああ、そうだ、このひとは美術教師だったのだ。「ほんとうに、君には、こう見えているの」そう語りながら、このひとは、生徒たちの眼をこんなふうに見つめたのだろう。

にわかに、さあっと冷たい空気が通った。今まで気づかなかった濃い梅の匂いが感じられた。

「東風でしょうか」

しかしいつのまにか、早春ののどかな空は、午後から暮れ方に移るにともない、冷たいモノトーンに変わっていた。

「さて、素直に、春になってくれるのかな」

笑みを浮かべながら、岸はそう言った。

公園を出たところで岸と別れた。祥子は帰り道を急ぎながら、あれこれ考えた。それでも、伝言されたことは伝えなければと思い、道江伯母の携帯電話に何度かかけてみたのだが、応答は無かった。

岸の言った男あるいは彼が誰であれ、伯母ももがいているのだった。だから、祥子と話したいと、言っていたのだろう。友人のような、と言ってみたけれども、道江がそんな気持ちでいるなんて、考えたこともなかった。

手の甲に冷たいものがあたった。溶けていくかけら。見上げれば、灰色の空から白い雪花が舞い落ちている。これまで主役だった街が、雪の背景になっていく。

一度帰ってから、買い物に出直す気だったが、スーパーで手早く済ませることにした。ちょうど塩鮭のいいのが出ていたので、粕汁をつくるべく具材を買い整える。梅見のかえりで梅の枝がほしいところだが、あいにく田中花店はシャッターを閉めていた。雪がひどくなる前に足を速めた。川縁の草木が、もううっすらと白ばんでいる。

帰り着いたころには、もう本降りだった。雪の後ろでは、店の壁の白い漆喰も、クリーム色に見える。桜の木も橋も全てが紗をかけたように霞んでいく。

その店先に、緑灰色の長身が立っていた。琺瑯の看板を見上げている顔は、フードに隠れて見えない。

ああ、これが自分の、怖がっていた瞬間だ。

祥子は買い物袋とバッグを持ちなおし、店に向かって歩いていった。人の近づく気配に、「かれ」が振り向いた。澄んだ眼が、祥子を見返す。そこからは何も読み取れなかった。

「入りますか？」

祥子は訊き、返事を待たずにドアの鍵を開けると、青年を招じ入れた。


「どうか座って、あたたまってください」

ヒーターを点けてから小上がりに座布団を置き、祥子はそう言った。青年は不器用に頭を軽く下げると、肩にかけたバッグとギターケースを床に置き、框《かまち》に腰掛けた。ジーンズをはいた脚が、針金のように細い。背格好や面立ちはあまり似ていないように見える。

茶を入れるために湯を沸かしながら、祥子は出汁を取り、買ってきた油揚げや野菜を刻んだ。

「お店の用意をしたりするけど、ごめんなさいね」

そうことわると、相手は小さく首を振る。とりあえず、湯が沸いたので玄米茶を淹れて、持って行った。

「あの」

厨房に戻ろうとする祥子に、かれが呼びかけた。

「藤木さんが、急でもいいとおっしゃったんで。お忙しいところ、すみません」

静かに話そうとするときの声のかすれ方が、父親にそっくりだ。

「いや、私が、突然でもいいと言ったわけだから。留守にしていて、ごめんなさい」

少しうろたえながらそう言うと、また不器用に頭を下げる。祥子は鍋のかかっているコンロを弱火にし、椅子を持っていってかれの前に腰を下ろした。びくびくしていてもしょうがない。相手が爆弾を持っているわけでは無いのだ。いや、持っているとは限らないのだ。

「藤木君がいないんだし、自己紹介しあいましょうか。木谷祥子です」

相手はどう思っているのかわからないが、なんだか面接のようだ。

「松原アキラです」

「どんな字を書くんです？」

「結晶の、晶」

ああ、そうだ、おぼえている。娘は、夏に生まれたから朱美、息子は雪の日に生まれたから、結晶の、晶。未熟児なのにそんな儚い字なんてと責められてなあ、そう松原は藤木や祥子に話した。そう、まだ、松原や藤木と一緒に仕事していたころ、目の前にいるかれは生まれたのだ。

さて、本題に入ろう。

「お話では、私から」

なんと呼べばいいか少し迷った。

「私から、お父様のことを聞きたいというふうなことでしたね」

晶は少し目を泳がせていたが、腹を決めたというふうに祥子を見て頷いた。

「その前にひとつお訊きしたいんだけれど」

かれが怯んだ表情をしたが、構わず続けた。

「どうして、私のことをご存じなのかな」

「俺は、あなたに会ってるんですよね」

今度は祥子が怯む番だった。黙り込んだ祥子を見て、かれは慌てたように言った。

「いえ、俺自身は、おぼえてないんです。父が死んでから姉とちょっと話して、そのなかで、母が姉と俺を連れて」

「私のアパートに行ったたって聞いたのね」

「そうです」


あの年は冷夏だった。梅雨が明けてもぐずぐずと雨が続き、降りこめられた、と言って松原は、普通なら週に一回は自宅に帰っていたのに、そのときは一ヶ月も祥子のところに居続けた。時々携帯電話で仕事仲間に呼び出されていくたびに、今日はこちらには帰ってこないだろうと祥子は思い、夜になって「今から戻るから」と連絡を受けると、どれだけ疲れていても食事をつくって待った。

九月になって法師蟬が鳴き始めた頃、日曜の早朝にドアホンが鳴った。はじめは無視しようと思ったが、小さなノックが執拗に続くので、祥子は端末の受話器を取った。

「はい」

「松原マリコと申します」

よく通る、女性の声がした。

「祥子が開けたくなければ開けなくていいよ」

松原良介はそう言ったが、そういうわけにも行かず、扉を開いた。長い髪の、白いワンピースを着た背の高い女性が、少女と小さな男の子を連れて立っていた。

「どういうおつもりですか」

言葉を探していた祥子に、松原の妻はそう言った。

「あなたがしていることは不倫ですよ。不倫で巣作りしたって、しょうがないでしょう?」

なんと応じればよいのかわからなかった。巣をつくっているつもりはなかった。というか、たとえ巣をつくったとしても、祥子は次の世代には縁がなかった。もともと、子供が産めるからだでは無いのだった。だから、そこにいるマリコという女性は、その点はなんにも気にする必要はなかった。松原が自宅にいる子供のことを気にかけているのは、祥子にはいつもわかっていたし、だから、いつでも、こういうことは予期していた。彼女はただ、「帰りましょう」そう、松原に向かって言うだけで良かったのだ。マリコは彼女の言葉を尽くし、彼女自身が疲れ、松原も消耗し、祥子は祥子で、発すべき自分の言葉を見いだせず、沈黙した。

「なにか言えよ。祥子が卑屈になることはないんだよ」

自分の妻が言い募るなかで松原はそんなことを口にしたが、祥子は、この人たちと、この家族といまここにいる理由も、何を言えばいいのかもわからなかった。小さく松原が舌打ちするのが聞こえ、なおさら祥子は、押し黙った。

「もう、パパもママも仲良くしてよ！」

少女が叫んだ。

祥子はそのまま部屋の奥に戻り、襖を閉めた。ずいぶん時間が経って、部屋のドアが閉まる音がした。それから、襖が開いて、松原が入ってきた。

座り込んでいる祥子の前を通り過ぎ、松原は窓辺にたった。テーブルから煙草とジッポーを取り上げ、小さな空を見上げながら、火を点けた。

「なんできちんと対峙しないんだ。祥子らしくないよ」

灰皿に煙草をおしつけながら、松原は言った。しかし、かれは実のところ、祥子のことをなんにも知らないのだった。その日の夜、いつもと同じように、かれは「またな」と言って出ていった。以来、祥子は松原良介に会っていない。

「お話しすることは、なんにもないように思いますよ」

自嘲気味にそう言うと、晶はもの問いたげな顔をした。

「もし、お聞きになりたいことがあるのなら、そちらから尋ねてもらったほうがいいんじゃないかな」

晶は下を向く。

「それがわからなくて。せっかく時間をとってもらったのに、だめだな、俺」

呟いてから、もう一度祥子を見た。

「父が、死んだとき、俺は小学生でした。姉はずいぶん父とやりあったらしいし、一方でよく遊びにも連れ出されたみたいだけど、俺はあまりおぼえていない。父がどんな男だったのか、母に聞いても、姉に聞いても、写真を見てもよくわからない。藤木さんにも話は聞いたけど、とっかかりが無い。天才的にカンの働くプロデューサーだったとか、詐欺師だったとか、女にだらしがなかったとか、うちに来る人がいろんな話をしているのを聞いたし、それに母が笑いながら頷いていたのも見た。結局、でもなんにもわからない。それで、あなたに会えば違うかなと」

人というのは、そういうものなのだと、身近な人間が亡くなるとわかる。それぞれ関わった者が、それぞれ別の印象を持っていて、自分だけがほんとうのそいつを識っていると思いたがる。ほんとうのそいつなんて、ないのだけれど。

「でもねえ」

祥子は言う。

「正直言って、お父様には、ほかにもいろんな方がいらっしゃったはずですよ」

こういうことを口に出せるようになったのだ。かれを識っているあらゆる女たちを忌避した時もあった。しかし、松原は何も隠さなかった。つまらない嘘はよくついたのに、女と過ごした時間やその女の癖やせりふをかれは祥子に喋った。妻が美しいということさえ。

「それは」

晶は言いにくそうに話す。

「それは、藤木さんにも言われました。君は、『舞踏会の手帖』とか太宰の『グッド・バイ』とかを、親父さんの代わりにやろうっていうのかって。意味がよくわからなくて、あとでネットで調べたけど」

「そうじゃないの？」

「ちょっと違うと思います」

それから、かれは急に思い出したというふうに、立ち上がった。床に置いていたバッグを開き、タブロイド紙くらいの大きさの、箱のような包みを取りだした。

「これ、見てください」

祥子に手渡す。つい手に取ると、思ったより重い。

「何なんです？」

「念入りに包んじゃっててすみません。開けてもらえますか」

少し躊躇したが、小上がりの畳の上に持って行って、ハトロン紙をはがし、箱の蓋を開けた。中はまた、山吹色の木綿布の包みだ。

「それも」

晶は促した。

布を外すと、額が出てきた。淡い水彩画で、東洋風の帆をあげた船が、小さな湾に浮かんでいる。周囲に岩がそそり立つ風景は、昔の山水画のようだ。右下に鉛筆の横書きで祥風晃朗と書かれ、その下に筆記体のサインがある。

祥子の様子を見ていた晶は、ちょっと不思議そうに、

「これ、見たことはないですか」

と訊いた。驚いてかれの顔を見る。

「いいえ、はじめて見る絵ですよ」

するとかれは本当にがっかりしたというふうで、「そうか」と溜息をついた。

「それ、父の書斎にしまってあったそうです」

「そう」

「もちろん俺は当時は知りませんでした。物置で父のレコードを整理していたらこれがあって。それで、その箱の中に」

晶は、祥子が開けたままの額の入っていた箱を指し示す。

気がつかなかったが、中に、黄ばんだ小さな紙片があった。手に取ってみると、少し薄れたブルーブラックのインクで「春永《はるなが》に」とだけ書かれている。確かに松原良介の筆跡だ。昔よく見せられた企画書やメモノートを、祥子は思い出した。

「母は、ぼくが父の遺品にさわるのをいやがるので、姉に尋ねてみました。そういう芸名やペンネームの知り合いは聞いたことがない。もともとその絵も心当たりが無くて、見つけたときも、パパがどこかで衝動買いして隠してたんじゃないの、とママは言ってたよ、とのことでした」

「本や、レコードや絵や、そういうものにはいくらでもお金を出してしまう人でしたね」

「でも、ここの店の名前を知ったとき、わかった！　と思ったんです」

「ちょっと、ちょっと待った。その書き置きかメモかなにかわからないけど、その文面とうちの店名は関係ありませんよ」

それまで一心不乱に話していた晶は、祥子にそう言われて、勢いを失った。

「そうですよね」

「春永に、は手紙の最後にも使うことばだけれども」

「はい」

「でも、この走り書きの筆跡から見たら、特にことづけとかではなく、ただ、メモとして書いたのがまぎれこんだだけなのかも」

「俺は、この画に祥風晃朗って書かれてるし、もしかして、あの」

「私の名前と関係あると考えたわけですね」

「はい」

「ただ、祥風という語は漢詩ではよく使うようだし、実際、私とは無関係だと思いますよ」

晶はうつむいた。

祥子は、ようやく緊張が解けてくるのをおぼえた。この青年は別に、祥子を責めに来たわけでも、祥子の中の記憶を塗りつぶしに来たわけでもない。かれはかれなりに、自分と父親の接点を確かめたくて来ただけなのだ。しかし、かれが来るべきところは、ここではなかった。

「実際ねえ、お父様と私とは、そんなに親密な関係じゃありませんし」

晶が訝しげに祥子を見る。祥子は、ゆっくり、想いを辿りながら話した。

「ただ、そうね、草花や木をご覧になるのは、お好きだったみたい。野草でつくった花束をもってきてくださったこともありました。和紙と麻紐なんかあしらって、プロ並みでしたよ」

あのとき、水引という植物をおぼえた。花瓶に生けてもすぐしぼんでしまった露草や、昼顔。季節ごとの花々を松原と見た日々。それを、まざまざと思い出した。「どの季節でも咲いている花は嫌いだな」そう呟いた松原の表情も。

祥子は松原に会うまで、順序だった恋愛しかしたことがなかった。それらはいつも、祥子が主導権を持った交際だった。学生時代つきあっていた相手とは、親も半分公認の仲だったが、結局祥子の仕事が忙しくなると、いつのまにか疎遠になり、最終的には祥子のほうから別れを言い出した。そのあと友人に紹介された相手や仕事で知り合った男性も行儀のよいつきあいで、毎回どこに行くか、何を食べるかも実質祥子が決めていた。

だが、松原良介はいつも急に祥子の世界に入ってきて、そのたびに鮮烈な印象を残した。仕事でも、自分の好悪を前面に出し、損得は後回しだったが、その姿勢に好感を抱くものも少なくなく、収支はそんなに悪くないようだった。他人の思惑を気にすることが多い祥子は、そういう松原に羨望を感じ、異性としても惹かれたが、ロケ先や仕事帰りのちょっとした関わり以上に発展したのは、もっとあとのことだ。

祥子が映像の仕事を辞めた後しばらくして、松原は部屋を訪れてくるようになった。藤木が作家デビューして、好きなときに飲みに連れ出すのが難しくなったのもあったのだろう。いつもいきなり電話で「飯を食わせろよ」と言ってはやって来て、好きなことを話して帰っていく。故郷の話や季節の味覚の話、旅の話、仕事の話。いずれも脈絡無く、急に熱を帯びたように語り出すのが常だった。

「雪山獅子旗を持った若い子たちが、ずらっと並んでいるところを、ゆっくりカメラがパンするだろ。それからすうっと引いてくると、手前に装甲車と警官。遮るようにいきなりフレームインしてくる、威圧的にはためく五星紅旗、ここでタイトル」

長い指でフレームを作って、そんなふうに話し始めると、止まらなかった。映画の企画を一本ぶん最後まで語ることも稀ではなく、翌朝、祥子は寝不足で仕事に行かねばならなかったが、眠っているかれに置き手紙を残すのも楽しかった。合鍵を渡してからは、留守中でも好きな時間に来て、祥子が用意しておいた酒をちびちび飲んでいたりする。食事をつくると、これは生姜より紅葉おろしが合うとか、味噌は田舎味噌のほうがいいとか、いろんな注文をつけられたが、両親以外と暮らしたことのない祥子にとって、それはそれで張りのある生活だった。

わがままで、勝手で、無責任。目の前の静かな青年とはとても結びつかない。それでも、「ごめんなあ」と頭を掻く様子を見ると、責める気にはならなかった。松原の価値観に包まれていることが、嬉しかったのだ。ただ、それがずっと続くように感じたのは、祥子の思い込みでしかなかった。

「うちにいらしたのは、ちょうど仕事が行き詰まっていた時期で、ひとりになれる場所が欲しかったんでしょうね。別に、私でなくても、ただそこに、草花みたいな存在があればよかったのかも」

祥子は松原の気に入りの花であり続けようとし、しかし、かれにとって朽ちてくれない花は、やがて重荷になっていったのだろう。季節が変わっても、祥子はそこに、居た。秋風が吹いて、かれが家に帰るきっかけを探していたのに、それだけは提供してやれなかった。

「そう、私を特に必要とされたわけではなかった。お父様について、特に私だけが知っていることは、ほとんど無いと思います。二人の間にしか通じない言語が、あったわけでもないし」

もしもそんなものがあったなら、祥子はあのとき、なにか言葉を松原マリコに対して発していただろう。そうすれば松原良介も、自分の前で二人の女が言い争っていることに一応の満足を感じて、あんなふうに出て行くのではなく、また、えんえんと行ったり来たりを続けたのかも知れない。しかし、かれには、黙ってしまった祥子が、萎れてみえたのだ。いったん萎れた花を見てしまえば、咲いている姿を思い起こすのは難しい。ほんとうの花ならまた来年を待てばよいことだが、そんな時間は、松原と祥子にはなかった。

「言語、ですか」

晶が尋ねる。祥子は、いまの自分の言葉が愚痴めいていたように思え、迷いながらも話を続けた。

「共通言語というのか、同業者とか家族とか、そんな間で通じ合えることば。でも、はじめて会った人でも、この人とはことばが通じる、そんなふうに思うことがあるでしょう。それが言いたかったんです。逆説的だけど、そういう相手には、たとえこちらが発する言葉を間違ったとしても、何が言いたいかわかってもらえるように思うのね。まあ、バベルの塔みたいに、ある日急に互いの言語が違ってしまうこともあって、そうなると、もう、どうしようもないけれど」

「それは、価値観とか、生活環境とか、そういったようなことですか」

訊いてくる晶のまっすぐな目つきは、好奇心をそのまま質問にしてくるときの父親と似ていた。祥子は、ふっと松原と話している感覚を思い出した。

「それほどしっかりとしたものではなくて、そうねえ、言語というよりも、もっと野蛮で根源的なものかな。この人とは必ずわかりあえるという、やみくもな信頼とか、信仰みたいなもの」

「よく、わかりません」

「私も、きちんと説明できない。ごめんなさい。でも、要するに、お父様と私は、そうしたものを共有していなかった。そういうこと」

共有できたと感じた一瞬もあったが、錯覚だった。しかし、それは、この青年に言わなくてもよいことだ。

晶は、もっとなにか質問したいのだが、何を訊いていいのかわからないといったふうで、視線を下ろして、黙り込んだ。それでも、ある程度尋ねるべきことは尋ねて肩の荷を下ろしたのか、いつのまにか、来たときの思いつめたような感じは消えていた。

「なんだか、あまりお役に立てなかったわね」

祥子は素直にそう思った。思い出すままいろんなことを話したけれども、それでよかったのかどうか。

晶は首を振った。

そろそろ、開店の時間がせまってきていた。

「お話は、もういいですか？」

「ああ、すみません。もう、お店開くんですよね」

驚いた様子で、晶は立ち上がった。今度は祥子が首を振る。

窓外はもう薄暗い。曇ったガラスの向こうで、雪は相変わらず降り続けているようだった。

カウンターに入って準備を再開しながら、祥子は尋ねた。

「なにか一杯飲んでいきますか？　おごりますから」

「いえ、俺、酒飲めないんです。父と違って」

祥子は微笑した。

「そう」

「あの、この匂い」

「え？」

「これ、もしかして酒粕ですか」

「そうですよ。寒いから粕汁をつくっているの」

勧めようとしたが、酒の苦手な青年には悪いかと思う。

「父が」

「はい」

「父が、たまにつくってました。家では誰も食べないから一人で、今日はうまくできたとか、今日は鮭がよくないから駄目だとか」

「ええ、塩鮭がいいのでないと、美味しくないんですよ」

「そうなんだって、言ってました。葱も、青いのじゃないといけないんだって」

「そう。でも、子供には、いやな匂いかも知れないわね」

晶は笑った。

「まあ、正直言ってそうでしたね」

「でも、それつくってるときの父は、なんか頑張っていて、俺は好きでした」

「そう」

祥子は少し躊躇ってから、言った。

「それが、あなたにとってのお父様。それで、いいんではないですか?」

晶は虚を衝かれたように祥子を見、しばらく黙っていたが、やがて言った。

「そう、そうかもしれません」

コートを着た晶は、額のほうに目をやった。

「あの、よかったら」

「はい?」

「この絵、もらってくれませんか」

松原良介が部屋から出て行ったとき、かれのものはみんな送り返した。死んだと聞いたとき、なにか形見があればと思い、しかし何ももらわなくてよいのだと思った。今更、かれの息子からなにかを受け取る必要はない。

「いいえ、私がもらうべきではないでしょう」

晶はいったん口を開いて、しかし、何も言わず頷いた。

額をまた包んでやろうとしたとき、祥子は額の裏の小さなラベルに気づいた。かすれたタイプ文字は **Ha Long Bay** と読めた。

一瞬手を止めて、しかし、祥子は黙ってもとのように額を山吹色の布に包み、箱にしまった。

晶はバッグに絵の包みを入れて、ギターを肩にかけた。

「音楽をやってらっしゃるのね」

祥子は尋ねるともなく言った。

「ええ」

ちょっとためらってから、照れたような誇らしげなような顔をして答える。

「ハードロックです」

祥子は微笑む。

「でも、俺は姉みたいに芸能界行くつもりないから、卒業したら、地味に勤めます」

「お元気で」

「あの」

「え？」

「ここに、父は来たことがあるんでしょうか」

「いいえ」

祥子はきっぱり言う。

「いいえ、ここは四年前に始めたから」

すると晶は何かほっとしたような笑みをうかべ、頭を下げた。

「きょうは、ありがとうございました」

祥子は首を振った。扉を開けると、雪が吹き込んできた。もうずいぶん積もり始めている。

「傘を」

「いや、いいです」

日はもう暮れかけていた。晶は、目を細めて空を見上げたが、祥子にもう一度一礼すると、雪の中に出ていった。細い長身は雪片にまぎれ、ほどなく見えなくなった。

五　さくら

橋のたもとの桜が蕾をつけはじめている。川べりには、たんぽぽが咲き、どこかから沈丁花の香りも漂ってきて、寒さももうひと踏ん張りと言ったところだ。

日がずいぶん高くなり、この時期の午前中だけは、店の窓から直接日光が差し込む。祥子は床の埃が目立つ間に、店の掃除を済ませた。テーブルを入口の近くに置いて、椅子は小上がりのほうに寄せておく。きょうは一日忙しくなるが、その前に、しばらく行きそびれていた美容室に予約を入れてある。仕込んだちらしずしの具材を確かめ、米を研いでざるにあげ、出かける用意をした。

まだカーテンを閉めているドアを、誰かが叩いている。

「すいませーん」

覗いてみると、甘利だった。

「良かった、車停められないので、荷物だけ入れさせてもらえますか」

ドアを開けて待っていると、橋の向こうに停めた四駆から、もう一人同じくらいの年の男性と一緒に大きな黒い箱を運んできた。それだけではなく、また戻って、キャスターのついた台のようなものも、かついでくる。

「後ろの駐車場、空いてない？」

「一杯でした。それに行き来するんでもったいないし」

「大荷物ね」

「電子ピアノです。このあと岡田さんとこからアンプとスピーカー持って来ます」

「私、これから少し出かけようと思ってたんだけど」

「マジですか。時間かかります？」

「一時間半くらいかな」

「うーん。友だちの車使えるのが十一時迄なんだけど、どうしようかなあ」

「そういうのは前もって言ってくれないと」

やんわり文句を言うと、甘利は、もう一度交渉してみます、と運転席の友人のほうへ走っていく。そこに、きいっと自転車が停まった。

「おはようございますー」

今度は高山が荷台に大きな箱を載せて微笑んでいる。

「いや、きょうはほんとにおはようだね。どうしたの？」

「黒ビールの缶が安かったんで、買っちゃいました。祥子さんがいなかったら、階段の下にでも置いとこうと思ったんだけど、よかった」

「よかったじゃないわよ」

甘利が戻ってきた。やはり友人の車はあと一時間で戻さねばならないらしい。

「わかった。私が美容室に行かなきゃいいんだ。キャンセルする」

「祥子さん、いまから美容室行くつもりだったんですか？」

甘利と高山が口をそろえて言う。

「悪い？」

「いや、だって髪なんて後回しで」

「あなたたちねえ。大島渚監督が、まだ助監督の時、端役の女優に同僚が『君、髪なんかいいから』って言って、淡島千景にものすごく怒られたって話書いてるの、知らない？」

「淡島千景、ですか」

「もういい」

「いや、行ってきてくださいよ。留守番してますし」

高山が言う。甘利も、それなら岡田さんのところからすぐに戻ってくるから問題ないと言う。

祥子は、店の鍵を誰にも任せたことは無かった。ほんの少し躊躇った祥子に気づいたのかどうか、

「あ、俺ずっといますから、鍵は持っててってください。なんかあったら、電話しますよ」

高山はそう言った。


「トリートメントなさいますか」

まゆみが尋ねる。時間がないので、と断ってから、ふと思い浮かんだことを訊く。

「来るたんびに新しい薬剤とか出てるみたいだけど、大変じゃない？」

よくきいてくれたというふうに、まゆみが鏡の中で笑う。

「そうなんです。閉店後に講習会をやって、家で組み合わせをおぼえて、ようやく頭に入ったら、次の新製品が出るんですもの」

「頑張ってるのね」

「まあ、私、飽きっぽいほうですから、面白いと言えば面白いですよ」

そんなふうに言うまゆみは、なんだか頼もしい。祥子が来出した当初はまだ新人の域だったのが、今は謝恩会に出る女子大生に話しかけたり店の中に気を配って、店長を助けている。

「木谷さん、きょうは仕上げ、どうされます」

いつもの質問に、祥子は違う答えをした。

「いかにもきりっとした飲み屋のママって感じにしてくれます？」

「おお、実は前からやりたかったんですよ。ちょっとお待ちください」

まゆみがスタイルブックを見せて提案してくれた髪型を祥子も気に入った。髪を巻かれたり伸ばされたりして、はじめはライオンのように広がった髪が、だんだん形になってくる。

ナナと雅史は、音楽の先輩が主催してくれた披露パーティーを済ませ、郊外の一軒家に住み始めた。前のマンションはナナの持ち物だったのだが、それは知人に事務所として貸しだすことにしたらしい。のびのびになっていたお祝いは何がいいか、祥子が尋ねると、ナナは、「私、ロングスプリングでライヴしたい！」と言った。そんなことを言い出すとは思いも寄らなかっただけに、はじめは、却ってナナと雅史が大変でお祝いにならないとか、ピアノがないとか、祥子は渋りもしたのだが、ナナの、「だって祥子さん、私のライヴ来てくれたことないでしょう」というひとことにおしきられたのだった。

ちょうどその場にいた甘利が、ぼくは電子ピアノ持ってますというと、岡田は、じゃあ、俺のアンプ出すか、とのってきて、高山は当日のカクテルを考えはじめ、どうせやるなら常連以外にも知らせようと、ちらしのデザインも出来てしまった。雅史が、もちろん会場費は出しますと言って、祥子とすったもんだする場面もあったが、当日もし利益が出たら折半し、店でCDを宣伝販売するということで落ち着いた。

「この季節、ヴァレンタインじゃなくてハッピーひなまつり、とか慶祝花見とかのパッケージにすれば、いいんじゃないですか」

甘利は言う。

「慶祝花見はよかったな。でも、あれでしょ？　おふたりにとって、ヴァレンタインがなんか特別な日なんだよね、きっと」

岡田がつっこむと、ナナと雅史は目と目を見交わし、それに気づいた甘利が「ぼくもしあわせになりたいー」と駄々をこねた。そうと決まると話は早く、ひなまつりにはちょっと間に合わないが、三月の第二土曜と日取りを決め、パーティー形式のライヴとして準備は着々と進んだ。それが今日なのだ。


「いかがですか」

まゆみが後ろで鏡を持ちながら言った。鏡を見る。髪を中に巻き込んで、なるべく小さくまとめながら、少しだけ片方にウェーヴをつけてある。

「いわゆる大正浪漫な着物でも、ドレスでも合うように仕上げてみました」

ほとんどメイクもしていないので、髪だけがきちんとまとまっているように見える。甘利や高山の顔が頭の中に浮かび、少しやり過ぎかなとも思ったが、ナナは喜んでくれるだろうと、これでいくことにした。

「ありがとう、まゆみさん」

「もう、これならパリのカフェにいらっしゃっても、いい感じですよ」

「『どこでもドア』があればねえ」

本当ですね、という笑い声に送られ、外に出た。パリ。いま道江伯母はまさにそこにいる。時差を考えれば早朝だから、カフェにはいないだろう。いや、朝帰りでカフェオレか、それともリキュールでも啜っているだろうか。

岸の伝言を伝えることが出来たのは、公園で梅を見た三日後だった。「そうおっしゃったの？」伯母はそう言ったきり黙り、やがて、またね、と電話を切った。いつもの、今度食事しましょうよ、の誘いはなかった。

そして先月末、伯母は、ポールに招ばれたからフランスに行ってくる、とだけ言い残して出発した。どういういきさつなのか、まったくわからないが、喜び勇んで出た旅とは、とうてい思えなかった。関川は最近現れず、岸は来ても無駄なことは話さない。それでも、ものごとは落ち着くべきところに落ち着いたのだろう、と祥子は思った。


「どちらさまですかあ？」

店に戻ると、高山がそう言った。

「やりすぎやって言いたいんでしょ。いいの！」

「いや、似合てはりますよ」

真面目な顔で言われ、どんな表情をしてよいかわからない。気にせず準備にかかることにした。見れば大きいスピーカーやら音響設備が床を占領している。

「これ、大丈夫？」

「あ、もう少ししたら岡田さんと橋本さんが見えると思います」

すし飯を炊き、じゃがいもを茹ではじめる。ポテトサラダに鶏の唐揚げ、卵焼き。ジャズヴォーカルには不似合いなようだが、子供の誕生日のような献立が雅史の好みだとナナが言ったので、敢えてそういうものを、ビュフェ形式で取りやすく作ることにしたのだ。

「いまのうちに着替えるから、ちょっと頼むね」

高山に言って化粧室に入った。きょうは黒の長めのシンプルなワンピースを着ると決めていた。髪に負けないように、少しアイラインを入れ、カラーをつける。自分の店の催しとはいえ、知らないところにいく時のように気持ちが華やいでくる。

「おう、今日はバーのマダムーって感じだな」

出てくると岡田が音響機器を設置していた。手伝っている華奢なセーター姿の青年がいると思ったらこれはいつも正装の印象が強い橋本雅史で、お互い見違えるね、と言い合った。雅史は甘利とあらかじめ話していたようで、電子ピアノを組み立てると、鍵盤の調子を確かめだした。

「ピアノがなくって、ごめんなさいね」

祥子が言うと、雅史はとんでもないと首を振る。

「店に置いておくと調律とか大変ですよ。甘利さんのこれはけっこういいものですね」

「でも、ほんものとタッチはずいぶん違うんでしょう？」

「それはそうです。ピアノだってそれぞれ違いますしね。でも、たたけば音は出ますから」

楽器を演奏した経験は祥子にはほとんどないから、詳しいことはわからない。でも、フィルムを使う昔ながらのカメラと、デジタルカメラの違いのようなものかもしれないと祥子は想像した。

「ナナさんはあとから来るのかな？」

「いまごろ家を出た頃ですかね。祥子さんとこで何着ようって迷ってましたよ」

「グラス置くお盆、これ使っていいですか？」

高山が倉庫から出てきて尋ねる。ペーパーナプキンとコースターのストックの場所も教えて、カウンターを整理する。その間に茹で上がったじゃがいもをつぶして冷まし、酢飯を冷まし、具を混ぜ込んで、保存する。メモを見て、ライヴ前に出すメニューと後に出すメニュー、それから打ち上げのためにとっておく分量を確かめながら、今度は野菜を切る作業にかかった。

「すみません、花屋です」

ドアを開けて、田中花店の娘さんが枝の束を持って現れ、その後から女主人が入ってきた。

「退院されたとは聞いてましたが、もうよろしいんですか？」

祥子が言うと、娘さんがにこっと笑った。

「このとおり。いろいろお世話になりまして、すみませんでした」

そう母親が礼を述べた。とんでもない、と祥子は打ち消した。

「これが、注文いただいてた梅。ただ、大きいぶん本数が少ないの。だから、枝としては小さめだけれども、こっちは啓翁桜《けいおうざくら》。もう季節の最後ね」

そう言って梅よりも背は低い、やはり一抱えほどの包みを開ける。少し開きかけた桜が愛らしい。それら全部で、梅だけの値段でよいと彼女は言い張った。

「これからもよろしく、という快気祝いだと思って、受け取っといてください」

そういうことなら、と祥子もありがたくいただくことにし、そのかわり、もし閉店後に暇があったら、ライヴにどうぞ、と招待券を渡した。

母娘は、どうする？　と相談しながら帰って行った。入院できっかけが出来たのか、娘さんのほうからお母さんに話しかけているのが、見ていてほほえましかった。

少し考えて、ピアノの反対側に梅を置いた。紅色の花は咲きかけで、いい香りを放っている。桜はカウンターの端と小上がり、それから入口にも少し生けておくことにした。

そのうち甘利が、店頭に出す小さなパネルを抱えてやってきて設置する。音出しのテストは始まる。高山が人の動線を想定して機器の位置を微調整する。もとより広いとは言えない店内は、大騒ぎとなってくる。

「遅くなりましたあ。うわ、こんなふうになってるんだ」

いつもより茶色い髪をふわふわにしたナナがやってきた。カラフルなスーツケースと真っ白なコートが春らしい。

「祥子さん、きょうは面倒かけてごめんね。高山君もすみません」厨房のほうに向かって、ナナは頭を下げた。

「俺はあ?」

岡田が笑って声をかける。ナナが笑う。

「岡田さん、ありがとうございます。あ、甘利さんも、今日はピアノ、申し訳ありません」

「いや、たまには上手い人にひいてもらわないと、楽器もかわいそうですよねー」

「いいえ、今日は大事に弾かせていただきますよ」

雅史がそう言って、ぽろろんと高い音を響かせた。

「ナナさん、着替えるでしょう。ここじゃあれだから、二階使って」

祥子はそう言って、ナナを家のほうに案内した。

「祥子さんの今日のスタイル素敵。少し赤味入れた髪にあってる」

階段を上がりながら、ナナが言う。そう?　と祥子は気取って見せながら、鍵を開けた。出てくる前に、姿見を見やすいようにしたりして、ひととおり楽屋まがいに使えるようにはしてある。洗面所とトイレの場所を示し、何か用があったら携帯で呼んで、と伝えて店に戻った。

「あ、祥子さん、関川さんが」

ドアを開けると、高山が声をかけた。岸には前来たときにライヴのことを伝えたが、関川には知らせていない。中の様子を見て驚いたようだ。

「ちょっとお話ができないかと思って来たんですが、今日は大変みたいですね」

「ええ。ナナさんのライヴを結婚のお祝いがてら、うちでやることになって」

「そうですか、じゃあ出直したほうがいいかな」

「あの」祥子は立ち去ろうとした彼を呼び止めた。「もしかして、伯母のことでしょうか？」

関川は、一瞬黙ったが、渋々といったふうに頷いた。

「祥子さんすいません、ちょっと音出すんで、扉締めてもらっていいですか？」

雅史が声をかけた。祥子は、寒いですけれど、と関川を外に誘導した。幸い風はなく、建物の脇で話を続けた。

「実は僕は道江さんに悪いことをしてしまってね」

「わるいこと」

祥子には答えず、関川は尋ねる。

「岸先生に聞いたんだけど、道江さん、フランス行っちゃったんですって？」

「ええ、いつまでかは聞いてないですが」

「そうか」

まいったな、というふうに関川は日灼けした額をさすった。

「ママね、あの、岸先生はご家族を昔火事でなくされて、いまはほんとにおひとりでね」

「はい」

「それでっていうとなんだけど、我々、教え子のグループで、先生を囲む会をやっています。先生とどこかに出かけたりお話をきいたりするのが皆楽しくて」

「はじめにいらっしゃった方々ですよね」

「そう、あのほかにも十人ほど。それが最近、ママもご存じのとおり、道江さんと私と先生と三人で出かけるようになった。先生も楽しくしておられると思い、いや、実際そうだったんだが」

関川は訥々と話す。祥子は気が急いたが、黙って聞いた。

「僕たち教え子は、先生は私たちの先生、という想いがあって、なんせ五十五年だからね、あの人は誰だなんてそんな声が先生に伝わったのもあるのか、ある日、道江さんと出かけるのはしばらく止しましょうか、とおっしゃる。当初は、じゃあ頻度を少し減らしますか、などと言ってたんだけど、どうも理由がそれだけじゃないように思えた」

もう祥子にはその理由がわかっていた。だからこそ、岸はあの日、祥子を呼び出したのだ。

「いつも明快に話す先生が、道江さんについては遠慮がちに話すんでね。僕は誤解したんですよ。先生は彼女と出かけるのがご負担なんだろうって。それでね、お節介にも僕は道江さんを呼び出して、遠回しではあるけど、まあ、先生をあまり連れ回すのは迷惑だって、言ってしまったんです」

「それはいつ頃のことですか」

祥子は尋ねた。

「先月の下旬かな。すると道江さんは静かに、じゅうじゅうわかっております、もうお邪魔することもないでしょう、そう言われた。その表情を見て、ちょっと悪かったなあと。でも、その時はまだ、自分は言うべきことを言った気でいた」

祥子が電話した後だ。ふだんの伯母なら、言い返していただろうが、もうそういう気分ではなかったのだ。

「で、先日、久々に先生にお会いしたとき、その話をしました。すると先生は、それはかわいそうになあ、と悲しそうな顔をされた。そのときやっとわかったんですよ、ああ、先生は道江さんを疎んじてたんじゃなかったって。先生にも道江さんにも申し訳ないことをした」

関川は頭を振った。

「いまさら祥子さんにこんな話をしてもどうしようもないんですが」

確かにどうしようもない。だが伯母は、わかっていたはずだ。岸先生の気持ちも、関川の誤解も。

「私、はじめ伯母は関川さんとおつきあいしてるのかと思ったんですよ」

祥子は、伯母を気遣いながらも、関川を責めることもできないと思い、そんなことを言ってみた。

「ご冗談を。僕ではとても道江さんのヴァイタリティにはついていけないな」

彼は苦笑し、それから言い足した。

「でも、それがあの方の魅力なんでしょうね」

外階段を下りてくる音がした。ナナが着替えを済ませて出てきたのだった。

「祥子さん、二階、私のものとかそのまんまにしてあるけど、いい？」

「大丈夫。ああ、素敵なドレスね」

薄紅色のちりめん素材でできた、ドレープの綺麗な衣裳だ。ナナは得意そうに笑う。

「関川さん、ライヴ、六時からなんです。よかったら」

「いや、でも」

「ぜひいらしてください」

ナナが頭を下げた。関川は口を濁しながらも笑って頷くと、商店街のほうへ歩いていった。

「上、リハーサル終わるまでは鍵かけちゃうから、もし要るものがあったら下に置いておくけれど」

ナナは祥子をじっと見つめる。

「祥子さんの伯母さん、それで今どうしてるの？」

「聞いてたの」

「途中から」

「うん、どういうのかわからないけど、離婚したフランス人に招待されて、いまパリにいるみたい」

「その、先生は？」

「今夜いらっしゃるんじゃないかな」

「そう」

扉が開いた。

「なんだ、支度できてるんじゃないか。リハ始めるよ」

雅史が言い、ナナは、はあい、と中に入った。祥子も部屋の鍵をかけて厨房に戻り、準備のラストスパートをかける。開場まで、もうあと二時間足らずだ。

「お席が決まりましたら、お飲み物とスナックをどうぞ。座敷のほうも大丈夫ですよ」

高山がそういいながら会費を受け取り、今夜の案内とCDのちらしを渡している。1ステージでは味気ないと、途中休憩をはさんで2ステージ。開演まで五十分ほどあるのだが、もう数人客が入っている。

「高山君、ヴォーカル入ったあとだからね」

「了解してます。大丈夫ですって」

「カクテルのサプライズって、なんなの？」

「まあお楽しみですわ」

窓をバックにして演奏するかたちで椅子を散らし、テーブル代わりにワインの木箱を配置したから、店内はけっこう乱雑な感じがするが、雅史は「これがジャズです」と、ビング・クロスビーみたいに言った。

そっと関川が一人で入ってきた。祥子はいったん奥の席に通したが、ふと思いついて受付のお手伝いをお願いしてみた。ぼくでよければ、と関川は二つ返事で引き受けてくれたので、会計を頼むことにした。

「ママさーん」

若い女の子が四人ほど、わいわい言いながらやってきた。先頭にいるのは砂絵だ。

「みんなホームでバイトしてる子たち。甘利さんが、いっぱい連れてきて、っていうから誘って来ちゃった」

司会用に白いスーツに着替えてきた甘利が口元を綻ばせて、女の子たちと挨拶する。女性ばかりなのかと思ったら、いちばん最後に寺井が立っていた。彼はばつの悪そうな表情をしつつ、甘利と拳と拳をあわせる仕草をした。

「あ、寺井君も誘って来ました」

おまけのように砂絵は言う。祥子はひとつだけある丸テーブルに案内し、五人の席を作った。

「先日はすみませんでした」

小さい声で寺井が祥子に言う。

「いいえ」祥子もささやき声になる。

「で、どうだったの、誕生日」

砂絵が他の子たちとの会話に夢中なので、そんなことを尋ねてみる。

「ええ、ありがとうございました。藤木さんがあんなメッセージ書いてくださって。彼女感動して、なんとか怒りはとけたみたいです」

「それだけ？」

「藤木さんには感動して、ぼくには、まあありがと、と」

「そうなんだ」

寺井が頭を掻く。

「どうも、思ったようにはいきませんね」

「しっかりせえよ」

祥子は思わず言った。

開演十五分前になると、けっこう席が埋まってきた。スナックや食器の整理をする合間に、鶏をオーヴンに入れる。休憩に入る前に食事を出しておく段取りだ。

「祥子さん」

高山が注意を促す。見ると受付に、岸が立っていた。祥子は厨房を出て挨拶した。

「先生、よく来てくださいました」

「ジャズを聴くのは久しぶりです」

関川がもの言いたげに岸を見上げたが、「ご苦労さま」と岸は関川に笑っただけだった。

音がいちばんよさそうな、カウンターからほど近い、背もたれのある席を用意し、黒ビールがよいというので、用意して持って行った。

「ありがとう」

岸は頭を下げた。

小上がりのほうから手を振って見せたのは、田中花店の一行だ。母娘と、おじいちゃんが一緒で、ほかに商店会の人もいる。

仕事着であるダークスーツに着替えた雅史が、洗面所から出てきた。祥子のほうを見て、にやっと笑い、それから一呼吸すると、電子ピアノのほうに歩いていき、席に着く。気づいた客もいれば気づかない客もいる。

岡田がＢＧＭの音量をゆっくり下げた。すうっと雅史が指を下ろす。繊細なピアノの音が前奏の後に奏で始めたメロディは、『マイ・フェア・レディ』の中の「君住む街で」だ。

祥子は窓側のライト以外の照明を少し暗くした。ざわめいていた店内が、だんだん静かになっていく。ヒロインに恋した青年が、彼女の住んでいる街角に自分がいま居ることのすばらしさを歌い上げる曲。それを雅史は、さりげなく、しかし緻密な音で語る。

物置のほうに居たナナが、そっと出てきた。岡田がマイクを指して何か注意し、ナナがそれに頷く。

曲が終わった。少しの静寂の後、拍手が起こる。雅史がナナを見て小さくリズムを取り出す。軽やかなテンポの前奏が終わりかけた頃、ナナがステージへ歩きながら歌い始めた。

素敵ねなんて素晴らしいの
あなたが私を好きだなんて

ジャズを聞き慣れているらしい客が何人かが、歌い出しに拍手をし、ナナがその方向にちょっとお辞儀をする。

「音量、どうだろう」

岡田が小声で尋ねたのでＯＫマークをして見せた。

「祥子さん、そろそろですね」

高山が小さな声で言った。カウンターの盆の上に、小ぶりのシャンパングラスが並べてある。中には少量ずつ桜のリキュールを入れてある。そこに高山は注意深く順々に、あらかじめ栓を抜いておいたシャンパンを注いでいった。すると、ピンクの濃淡のなかを泡が上っていくのと一緒になにかが浮いてきて、桜の花が開いた。

「おお、きれい」

思わず祥子が小さい声を出した。高山が、ちょっと得意げに言う。

「桜の塩漬けを塩抜きして、リキュールにつけといたんです。まあ、ほんとは、お客さんの前でやるほうがいいんですけど」

「縁起もええしね。うん、でも素敵」

「奥はぼくが持って行きますから、祥子さんは丸テーブルのとプラス何杯か持って行ってもらえますか」

「了解」

ナナが歌い終わった。拍手が来て、ちょっと間を置いた頃、前に甘利が出てきた。

「『ス・ワンダフル』でした。今日はありがとうございます。えーこのライヴは、この店のママさん、祥子さんが、きょうのゲスト、江藤ナナさんとピアノの橋本雅史さんのご結婚のお祝いとして企画したものです」

高山と祥子は、グラスを配り始めた。皆、え？　という顔をしながらも受け取っていく。

言われたとおり砂絵たちのところにカクテルを持って行くと、女性陣が歓声を上げた。砂絵が高山のほうを指さして、説明する。

「すごいバーテンダーさんなのよ。ちょっと話しただけで、お好みのカクテルが出来てくるの」

祥子は思わず笑いをうかべる。

「このあとも二人の息のあった演奏をおおくりしますが、その前にここで、乾杯をしたいと思います。乾杯の音頭は、ママ、祥子さん、こっちにどうぞ。お酒、行き渡ってますか？　ああ、高山さん、これ、なんていうカクテルですって？」

高山がなにか言う。

「春風？　そうなの？　はるかぜだそうです。えっと、ここで祥子さんにマイクを渡します」

祥子はこういうのは苦手なのだが、皆がこれだけはやれというので、しょうがなく前に出た。まず、お客さんたちにお礼を言い、それからヴァレンタインデーの夜に橋本が結婚報告をしに来たことを話し、二人の幸せと、いまここにいる人々の健康と活躍を祈って杯を上げた。

「乾杯！」

皆が唱和し、拍手が起こった。そして、絶対忘れるなと岡田に言われていたひとことを言う。

「それから、ぜひお帰りの際には受付で、ヴァレンタインデーに出た縁起のよいＣＤをお買い求めください」

　笑い声が出る中、甘利にマイクを渡し、厨房に戻る。次の曲をナナが歌い始めた。

　子供のパーティーふうの料理は好評で、ふだんあれだけ頭をひねる酒のつまみは何なのだ、と思わせられる。あとは補充していくだけなので、少し楽になった祥子は、高山に前から気になっていたことを尋ねた。

「もしかして、お父さんかお母さん、具合良くないの？」

　高山は一瞬目を丸くして祥子を見たが、笑って首を振った。

「いや、齢は齢ですけど、まだそんな状況ではないです。でも、そうなったときのことも、考えておいてくれ、と兄貴が言うんで」

「そう。でも、ちゃんとそういうときは、遠慮せずに話してね」

「ありがとうございます」

「高山さん！　カクテルも飲み放題って書いてあるじゃない。みんなにもつくってあげて」

　砂絵がカウンターに来て、言った。はいはいと高山は女子大生たちの話を聞き始める。

　そのときドアが開き、風が入ってきた。

　道江伯母だった。

驚いている祥子にちょっと笑いかけて見せてから、受付の関川に目礼し、道江は店内を見渡した。それから、まっすぐ岸のところに歩いていった。岡田と話していた岸は道江に気づくと、立ち上がった。道江は、固い声で言った。

「先生、お話ししたいことがございます」

しばらく岸は道江を見ていたが、黙って頷いた。

いつのまにか、祥子の傍に立っていたナナが、上の自分のものは片付けてあるから、と囁いた。祥子は二人と一緒に外に出て、二階の部屋に案内した。

「祥子ちゃん、ありがとう」

座布団を出すと、伯母は頭を下げた。祥子は微笑んでみせ、こたつのスイッチを入れた。電気ポットで湯を沸かすようにしておいて、外に出た。

「佐伯の、モランの教会に行ってきました」

先と違って伯母の声が穏やかになっているのに安心し、祥子はドアを閉めた。伯母がゆっくり語るのが聞こえてくる。

「教会の前のカフェで日暮れ時にワインを飲んでいたら、鐘が鳴り始めました。それを聞いているうちに、自分が気が触れてしまいそうな、いいえ、とうに気が触れてしまっている、そんなふうに思えてきました。私はなぜいまこうしているんだろう。いまはここに居たいのではない。そうして、終バスに乗り込み、電車に乗りかえ、夜中にパリに着き、朝一番の飛行機で日本に帰ってきました。先生、私は、まだ私の顔をしていますか？」

「道江さんは、道江さんですよ」

静かに岸が言う。

「そういうふうにいってくださるのは、先生が教える立場の方で、私をよいほうに導きたいと考えてらっしゃるからでしょうか」

「それは違う」

「もし先生が、私は先生のお世話をしたいんだとだけ思ってらっしゃるなら、それこそ違います。そりゃあ私は、先生よりずっと年下ですけれど、このまま先生とお会いできないのでしたら、明日死んでしまうかも知れません」

「道江さん」

「伴侶がいないほうが楽だとおっしゃいましたね。いいえ、先生にこのまま楽なんかさせるものですか」

岸がなにか呟いたようだったが、それは聞こえなかった。

「ご一緒させてください」

深い伯母の声がした。祥子は音を立てないように階段を下りて、店に戻った。既に第二ステージが始まっていた。心配そうにしている受付の関川に、笑って頷いて見せてから、カウンターに入る。

「ごめん、遅くなって」

「大丈夫ですか？」

上をちょっと見て、高山は尋ねた。

「だいじょうぶ。しかし、伯母さんにはいっつも勝てないや」

ステージのナナが祥子のほうを気にしているので、親指を立てて見せた。ナナが満面の笑みを見せた。

「祥子さん」

高山が言う。

「うん？」

「ぼく、もう少し、この店に居ていいですか」

その真剣な調子に、祥子は、わざとはぐらかすような口をきいた。

「まあ、店がうまいこと続けばね」

それに対して何か言おうとした高山を制し、祥子はやわらかく言い添えた。

「居たいだけ、おったらええやん」


曲は『ペーパー・ムーン』になった。ナナはクラブふうに客席に入っていって歌い、雅史のアドリブの間、客と話したりしている。

「ご近所なんですか？　ああ、お花屋さんに電気屋さん、こちらはご家族ですか。そうなの、この桜？　ありがとうございます」

扉がゆっくり開き、伯母と岸がそっと入ってきた。高山が気づいて、席を用意する。

「あら！　あなたとは会ったことがある。あのときはごめんね。いいねえ、若い女性に囲まれて」

寺井がいきなりナナに話しかけられ、どぎまぎしている。ピアノのアドリブが終わる。ナナは人差し指で寺井の鼻の先をぽんと叩くと、ステージに戻った。

紙の三日月ベニヤ板の海
でもあなたが私を信じてくれれば
にせものなんかじゃなくなるの

高山が、シャンパンを出してきてグラスに注ぎ、岸と道江のところに持って行った。二人は驚き、微笑み、それからグラスをあげた。

「それでは、きょう最後の曲になってしまいました。リクエストもいただいたのに、全部歌えなくてすみません。『フライ・ミー・トゥ・ザ・ムーン』を、お聞きください」

ステージが終わっても、まだしばらくお客さんは残っていた。ＣＤが予想以上に売れ、ナナと雅史はサインをねだられている。甘利は女子大生に白いスーツを褒められてご満悦だが、彼女たちは高山のメールアドレスを聞き出そうとしている。寺井はナナにかまわれていて、それを砂絵が無視してみせていた。

「きょうは誘ってもらってありがとう」

花店の女主人が礼を言いに来た。

「こちらこそ、綺麗な桜、とてもはなやかになりました。あの、お花屋さんはもう、足のほうは」

言いにくそうに祥子が訊くと、彼女はあれっという表情をし、それから破顔一笑した。

「あはは、そういや私もママさんの名前知らなかったんですもんね。いつもロングスプリングのママさんなんて呼んでてさ」

「スプリングさん」

横からおじいさんが言う。

「おじいちゃん、違うよ、しょうこさん」

娘さんが明るくたしなめた。

「私はね、自分の名前人に言うの恥ずかしくって。おじいちゃんがつけたんですけどね、だからこの子にはもうちょっと考えた名前にしようって、美しく咲くって、美咲」

「お母さんは、花子っていうんです」

「いい名前でしょう」

ご老人がまじめに言い、祥子は思わず笑ってしまう。

「あ、笑った。ひどいな、祥子さん」

花子が言った。


あとは明日の午後に機器を運び出すだけ、というところまで片付けると、残っているのは内輪の人間ばかりだった。関川が会計の収支をきちんと揃えて、手提げ金庫と一緒に渡してくれる。

「急に受付なんかお願いして、すみませんでした」

祥子が言うと、彼は首を横に振って、ナナと話している道江のほうを見た。

「道江さんに挨拶できたのが、とにかくほっとしましたよ。来てみてよかった」

雅史がビールを持って、みんなに酌をしに行く。

「甘利さんの司会、なれたものでしたね」

「一滴も飲んでないと、恥ずかしいもんですね」

もうこりごりというふうに甘利が渋い顔をする。

「岡田さんもお疲れ様です。助かりました。持ってきてくださったオーディオも本格的だし」

「いや、あれねえ、実は山本先生の遺品でね。娘さんが持ってってくれって言うんで」

「だってあれ、中古でも高価でしょう」

雅史が呆れたように訊く。

「要らないんだって。俺がひとりじめするのもなあと思ってたら、この話があったから、よかった。また何かあるときには出しますよ。そのほうが山本先生も喜ぶでしょう」

「祥子さん、お二人をひきとめて」

岸と道江が、私たちは失礼しましょうと言っているのを、ナナがとめている。祥子は、だめですよ、今日の主役はナナさんなんだから、彼女より早く帰らないでください、と強引に阻止する。そこに高山が、さっきのカクテルをシャンパンから日本酒に替えたヴァージョンを人数分運んできて、みんなに配った。

「じゃあ、もう一回乾杯だな」

「祥子さん、おねがい」

「いや、ここはナナさんで」

「じゃあ、司会の甘利君でどうだ」

「とんでもない、ここは商店会の重鎮が」

「あの」

岸の声に皆がそちらを向いた。

「出しゃばってはいけないと思いましたが、少しだけ、話してよいでしょうか」

皆、異論無く頷く。傍に座っている伯母が少し不安そうに岸を見上げる。

「雅史さん、ナナさん、面識もほとんどないのに、僭越ですけれども、お祝いを申しあげます」

二人が頭を下げる。

「こんな席で何ですが、私は大昔に事故で家族を亡くしました。しかし幸い、長年教師をやっていたおかげで、教え子たちがいろんなところで気を配ってくれ、特に不自由はしなかった。もう、九十年近く生きて、好きな画を描いて、いつお迎えが来てもおかしくない。だから、あとは穏やかに消えて行ければいいと、そう思って来ました」

関川をはじめとして、みんなどういう顔をしていいのか、迷いながら黙っている。岸は続けた。

「ところが、そんなことはゆるさないと言う人がいました。私が、このまま消えていってしまうなど絶対ゆるさないと」

岸は微苦笑を浮かべた。伯母は神妙に口を結んで下を向いている。

「思えば、私は妻と娘を一度に亡くしたとき、心の一部を厳重にくるんで奥の方にしまいこんだんでしょう。しかし、そのまま生涯を終えるはずが、そうはならなかった。ほんとうに不思議です。この年齢になって、こういうことが起きると、私はまったく思わなかった」

そこではじめて、岸は道江のほうを見て、笑いかけ、それからまたみんなのほうを見て、続けた。

「だれかに出会うということは、大変なことです。こんなことは、もちろん、おふたりは百も承知だとは思うけれども、どうか、互いを大事になさってください。長くなったけれども、私の言うことは、これだけです。ほんとうに、おめでとうございます」

場は、しん、として、しかし、なにかあたたかいもので満ちていた。

やおら岡田が立ち上がり、言った。

「じゃあ、乾杯しましょうか。もう、音頭なくっていいでしょう」

みんな笑って賛成した。

「一斉に行こう、そーれ」

乾杯！

皆が唱和し、グラスを干した。


「さっきのが春風だと、この日本酒でのバリエーションだとどういう名前になるの」

高山がナナに訊かれている。

「実は、さっきのも苦し紛れなんですよ」

「でも、綺麗なカクテルだし、この桜をいれるかどうかは別にして、普段から出したいよね」

祥子が言うと、高山は「そうですか？」と嬉しそうだ。

「なにか、いい名前はないですかね」

「岸先生につけてもらうのは？」

岡田が言うと、岸は、いや、これは祥子さんがつけるべきでしょう、と主張した。

祥子は、少し考えてから、言った。

「春永、でどうでしょうか」

それはいい、縁起もいいし、店名ともどこか重なって、いいんじゃないか、と皆は褒めてくれた。

ほんとうにそれでいいのか。言ってしまった後で祥子は一瞬悩んだ。また松原の思い出を引きずるような名前を、このカクテルにつけていいものだろうか。

いいのだ。そもそも、この店の名前だって、藤木が悩んだほどの由来ではないにせよ、ちょっとした松原とのやり取りから来ているのには違いない。

晶が持ってきた水彩画を思った。**Ha Long Bay**。あれが多分、ハロン湾という場所なのだろう。祥子は行ったことはない。

部屋に泊まりに来る関係になった頃、松原がロケ先のベトナムからファックスを送ってきたことがあった。たいした内容ではなかったが、最後にかれのサインがあり、その下に**Long Spring**と書かれていた。文面から見て、あまりにも唐突で、どういう意図なのかもわからず、祥子はあれこれ頭を悩ませた。

「ええ？　そんなこと書いたおぼえないけどなあ」

帰国した松原に尋ねると、意外なことにそんなふうに答えた。

「だって、これ、良さんが書いたんでしょう」

送られて来たファックスを見せても、松原はしばらく首を傾げていたが、やがて大笑いした。あっけにとられた祥子に、彼は言った。

「これ、ホテルの名前だよ。ハロン湾のHa Long Spring Hotel気付。ファックスしたときの加減で前後が切れたんだ。なるほど。こうしてみると、ちょっと気が利いて見えるよな」

松原はそれから、その土地の奇観について言葉を尽くして描写したが、やがてぽかんと聞いている祥子を見て苦笑し、そして言った。

「いつか連れてってやるよ」

誰彼なくそんなふうに出た、松原の口約束。結局それは果たされなかった。ただ、店を開くことが決まって、店名の候補をいくつかあげてみたとき、ふっとLong Springという言葉が思い出され、それが残ったのだ。

松原本人が何を思ってあの絵を持っていたのか、それはもうわからないし、追究する気もない。祥子とのやり取りもおぼえていたかどうかわからない。けれども、晶があああいう紐解き方をしてくれたのは、決して厭ではなかった。もう会うことはないだろうが、彼はハードロックのどんな曲を奏でているのだろう。そんなことを思った。

自分は長い間、岸と同じように、松原の死を悼むようにふるまいつつ、かれと共に自分自身を殻に閉じこめてしまったのではないか。会った最後の日にずっとこだわりながら、あのときの祥子の痛みを思い知れと、かれに語り続けてきたのではなかったか。かれの不在にいびつに満ち足りて、あとはゆっくり、ただ死に向かっていく日々を続けるだけなのだと、どこかで思っていたのではないのか。

だが、もう松原はいないのだ。怖々と思い出を取り出す必要はない。必死で消去する必要も、ない。

いま、自分にはこの店があり、集まってくれるひとたちがいる。これから迎える季節がある。

春永でいい。

ふっと祥子の目に涙が溢れた。

「そういえば、このお店も、もう少しで四年になるんじゃないの」

いつのまにか隣に座っていた伯母が、祥子のグラスにワインを注ぎながら尋ねた。

さりげなく顔を拭いた祥子は、ワインを一口飲んでから頷いた。

「そうですよ。月末でちょうど四年」

「それは、なにかやらなきゃねえ」

道江が何事かを企むような口調で言う。

「ミュージックが必要なら、いつでもどうぞ」

ナナが言うと、雅史が付け加えた。

「バンドも呼べますよ」

「ここでビッグバンドやったら壮観だろうねえ。いや、客席のスペースはないけどさ」

岡田が笑う。皆はそれから口々に、いかにも疲れそうな企画を提案し始めた。

「仮装パーティーなんかどうです」

「どうせなら大ギャンブル大会はどうかな」

「勝ち抜き麻雀大会とか、花札とか」

「ポーカーもいいわよねえ」

「厭ですよ、賭博クラブのオーナー捕まる、なんて報道されるのは」

たしなめながらも祥子は、この店をやっていけるありがたさを噛みしめていた。月末の記念日には、田中花店に桜を頼んで、大壺に生けてみようと思う。店内の花見も、多分楽しいだろう。

「四年は、長かったですか？」

おもむろに岸が尋ねた。

「いえ」

祥子は答えた。

「いえ、まだまだ、これからですね」


祥子が笑っている。

さっき自分が見た涙は錯覚だっただろうかと高山は思った。ここ数週間、どこか彼女の雰囲気が違ってきたように感じていたが、今日の祥子の表情は、それにもまして豊かに変化した。もちろん普段とは、衣裳も髪型も違うから、印象が違うのは当然だけれども。

さっき、祥子にあんなふうに言ったことは、後悔していない。かえって言葉足らずだったようにも思える。

高山が、このロングスプリングに長く居たいといったのは、更にいい店にしていくのに協力させてほしい、ということだが、それと同時に、祥子の傍にできるだけ長く居たいということでもあるのだった。しかし、もちろんそこまでは言えない。

もっと後になれば、話せるだろうか。あるいは、自分の気の迷いだったということになるのだろうか。もしかしたら、その前に、ここから追い出されるかも知れない。

祥子は、いまどれだけ自分に心を開いてくれているのか。自分を信頼してくれているのか。こうした自分の想いに気づいているのか。高山にはわからなかった。しかし、いつか祥子と誰よりもわかりあえるようになってやるという根拠のない自信が、高山のなかにあるのは事実だった。

「好きなだけ、おったらええやん」

ええ、そうさせて貰います。

高山は、一升瓶に少しだけ残った『秋笛』を自分のコップに注ぐと、勢いよく呷った。


「そういえば伯母さん、ポールさんはどうなったの？」

隣で機嫌良く飲んでいる道江に、祥子はずっと気になっていたことを尋ねた。

「え、ポール？　ちゃんとお式に出て、お祝い言って来たわよ」

「お式？」

「結婚式。私はポールに、なんで前夫の再婚の式に出なきゃならないのかって訊いたんだけど、どうしても、パメラに紹介しますって言うし、まあ、四の五の言うより行っちゃったほうが早いと思って」

「パメラって？」

「新しい奥さん。三十歳下だって言ってたかな」

祥子はしばらくあっけにとられていたが、申し立てた。

「私、伯母さんがポールさんと復縁して、行ったまんまになっちゃうんじゃないかって心配してたのに」

「そんなわけないでしょう。お店があるのに、そんな無責任なことできますか」

ふたりの会話を聞いていたナナが、くすりと笑った。

「まったく、心配して損しました。めでたしめでたし」

「祥子ちゃんも考えなさいよ。命短し恋せよ乙女ってさ」

「伯母さんには言われたくないです」

「ねえ、みなさん、うちの縁遠い姪っ子を、お願いしますね」

道江が呼びかけると、みんなが面白そうに笑った。祥子が遮って言う。

「やめてくださいって。あれ、じゃあ、今年からポールさん、ワインとか送って来なくなっちゃうのかな」

「なにさもしいこと言ってるの。でも、そうかもしれないわねえ」


宴は午前三時まで続いた。

案の定甘利は酔いつぶれ、岡田が家まで送ることになった。祥子は、みんなに啓翁桜を分けた。

関川が岸に、「先生、お送りしますよ」と言いかけて気づき、「道江さん、よろしくお願いしますす」と頭を下げる場面もあった。しかし岸が「いや、私が道江さんを送らなければ」といい、祥子が呼んだタクシーで二人は帰った。それを見送った関川は、「はんとはこれから、ハナダイなんか釣りに行くとちょうどいいんだけどねえ」などと言いながら、娘夫婦と孫が眠る家に戻っていった。

雅史とナナは、新宿近くのバーで時間をつぶして、朝の電車で帰るとのことだった。

高山は最後まで残って片付けを手伝った。飲んでいるので自転車は明日取りに来ますという彼に、祥子は切り出した。

「あのね」

「はい？」

「高山君には今までずいぶん助けてもらった。ありがとう」

「何言うてはるんですか。今生の別れみたいな」

彼は笑ってみせる。しかし祥子は真面目な口調で続けた。

「さっきは、ああ言ったけど、お願いするのは私のほうだと思う。これからも、いろいろ相談するから、頼みます」

そう言って頭を下げる祥子に驚きながら、高山は低く尋ねた。

「ぼくで、いいんですか」

祥子は笑った。

「何言うてんの。ほら、これ持ってて」

店のスペアキーを出した。

「非常の際にね」

渡された鍵を、高山はしばらく見つめていたが、やがて顔を上げると、祥子を正視して言った。

「ありがとうございます」

「花見に新学期と、また、忙しなるよお」

祥子が威勢よく声を上げげた。高山は微笑み、それから、姿勢を正して深々とお辞儀をした。

「きょうは、お疲れ様でした」

「おつかれさま。また来週もよろしくお願いします」


店の火元や窓の施錠を確認して外に出ると、夜はもう明けようとしていた。ブルーグレーの雲が細く横たわる下から、鮮やかな薄紅色の空が覗く。きりっと冷たい朝の風の中に、甘い花の香りが含まれている。

もう少しするとお彼岸で、それを過ぎれば、もっと日は永くなる。夏になって、秋が来て、冬になり、そしてまた春が来る。いつもそこに、小さかったり大きかったり匂いの濃かったり薄かったり、いろんな花が咲いては散って、また咲き始める。

さて、きょうはどんな品書きを用意しようか。
祥子はあれこれ考えながら、自分の部屋への階段を上がっていった。

あとがき

この本の表紙の絵は、野口晋先生のものだ。

先生は、私の父の、中学校の時の美術教師だった。私自身にとっては小さな頃から遠い親戚のような存在だったが、家族で個展に伺ったり、先生を囲むスペイン旅行に参加したりしているうち、いろんなお話をするようになった。

いつ頃だったろうか、「あんたは書く人やから、こういうとこ見といた方がええやろ？」と、ご自宅のアトリエに入れていただきもした。私が出した歌文集をお送りしたら、萬葉集をお好きな先生から「いいうたがいっぱいあります」とお手紙が届き、うれしかった。

この小説に出て来る、岸という画家の境遇や風貌は、野口先生とは全く異なるが、先生を想いながら描いた箇所も多い。先生は四年前に百二歳で亡くなられたが、これを読まれたらどう仰っただろうか。「あんたにはそんなふうに見えたかな」と苦笑なさるかもしれない。

先生の絵を使わせていただくにあたって、ご遺族の野口滋様、ナビオコンピュータ株式会社会長・森康次様、同監査役の山口一雄様、ほか社員の皆様方には、ほんとうにお世話になりました。深謝申し上げます。また、前の私の著書に続き装幀を引き受けてくださった幅雅臣さん、写真撮影をしてくださった野口毅さん、鳥影社編集部の小野英一さん、ありがとうございました。

最後に、この本の出版を楽しみにしてくれていた父へ、感謝と敬意をこめて。

令和二年初午　亡父百ヶ日に

村上　知子

〈著者紹介〉
村上 知子（むらかみ ともこ）
1963年大阪市住吉区生まれ。
著書に歌文集『上海独酌』（新人物往来社）。

余 花（よか）

定価（本体 1400円+税）

乱丁・落丁はお取り替えします。

2020年 5月 26日初版第1刷印刷
2020年 5月 28日初版第1刷発行
著 者 村上知子
発行者 百瀬精一
発行所 鳥影社（www.choeisha.com）
〒160-0023 東京都新宿区西新宿3-5-12トーカン新宿7F
電話 03(5948)6470, FAX 03(5948)6471
〒392-0012 長野県諏訪市四賀229-1（本社・編集室）
電話 0266(53)2903, FAX 0266(58)6771
印刷・製本 モリモト印刷

ISBN978-4-86265-811-1 C0093